吃貨小廚娘 下

文創風 840

記蘇 著

目錄

第十五章

隔日就是品味會最後一輪比試。

柯采依走進比試場地前，周巧丫一再為她打氣加油，那副模樣看著比她還要緊張，上一輪沒來的李仁和楊琥也特地趕來觀賽。

經過了前面兩輪比試，柯采依再站在這個場地時，心態已經相當淡定了，她的身邊如今只剩下泉喜樓的趙良、漢泰樓的張槐、麵館廚子孫小六和壯漢黃武了。

她有點好奇的打量著其他參賽者，眼睛一瞟就對上張槐的目光。他的眼神裡充滿了不屑，朝柯采依翻了個白眼後轉過頭。

呵，還敢朝她翻白眼，真想揍他一拳。柯采依暗暗攥緊拳頭，這個張槐想買通她作假不成，不知道還有什麼計沒使出來，不過眼下也顧不得其他了，只需把自己的菜餚做好就是。

「讓各位久等了。」

主事一臉喜色的站在高臺上，對著底下的人高聲嚷道：「今天是咱們木塘縣第六屆品味會的決賽，相信各位鄉親父老都期待多時。別嫌我囉嗦，我再重複一遍，最後一輪比試的內容啊，就是以『火』為題做一道菜。比賽時間為兩炷香，最後一場比試了，請各位參賽者注意，千萬不要誤了時辰。」

相比第二輪比試天馬行空的題目，最後的決賽題反倒沒有那麼多彎彎道道，很是直截了當。這出題風格如此多變，想來可能不是一個人出的。

柯采依和其他四個人並排站著，聽完主事的話後，她微微斜著眼睛瞧了瞧其他四人的臉色，張槐一臉成竹在胸，趙良面無表情看樣子很沈著，其他兩位眼珠不停亂轉，不知道在打什麼主意。

柯采依暗自穩了穩心神，對於這最後一道比試，她早就決定好了要做一道毛血旺。一則是因為她發現這裡並沒有這道菜，算是取新穎之道，二則是這毛血旺紅亮亮的，符合這個比試主題。她轉了轉食材區，裡面其他食材倒也齊全，只是鴨血需要現做，好在這個也不難。

柯采依從地上的籠子裡抓出一隻撲棱著翅膀的肥鴨，準備割喉放血。正在此時，壯漢黃武從旁邊經過，他手裡拿著一個裝滿食材的菜籃子，突然撞到正要往回走的趙良，兩個人的食材當場撒了一地。

黃武急忙蹲下撿起食材，並向趙良賠禮道：「趙師傅，俺這急急忙忙的，不小心衝撞了您，真是對不住了。」

趙良沒有計較，輕聲道：「沒什麼要緊的，都是為了爭取時間而已。」

「趙師傅不愧是前輩了，果然是心胸開闊。」黃武奉承了一句，便將撿起來的食材交還給趙良，兩人點了下頭，便各自忙碌去了。

柯采依稍稍瞥了他們一眼，便專注處理自己的鴨子。

她俐落的用刀割開鴨子的喉嚨放血，用白瓷碗接著，不一會兒便放了滿滿一碗。圍觀的人群看到柯采依去抓鴨子，本以為她要做一道有關鴨子的菜。萬萬沒想到她抓了鴨子只取血，將鴨肉棄而不用，眾人紛紛嘀嘀咕咕，不知道這丫頭到底要做什麼。

周巧丫也是眉頭緊鎖，一頭霧水的模樣。

柯采依在一個大碗裡撒了點鹽，加點熱水將鹽溶化，接著將鴨血倒入碗內。這時再用熱水往裝有鴨血的碗內沖，一邊沖一邊不停攪拌，攪拌均勻後擱在一旁靜置放涼，等待鴨血凝固後就可以切片了。

那邊讓鴨血先凝固，這邊柯采依又取了一條豬大骨和一隻嫩山雞，焯水後用中火慢慢熬湯底。

接著她開始炒毛血旺所用的底料，底料可謂是毛血旺的靈魂。

鍋裡下油燒熱後，她將蔥、嫩薑、蒜瓣放入鍋中煸炒，接著下豆瓣醬、鮮椒蓉和野泡椒炒出香味。鮮椒和野泡椒香味濃郁，在鍋中翻炒一會兒後辣味撲鼻，柯采依拚命忍住才沒有打出噴嚏，但是她旁邊的人聞到這股味道，都不由側目。

她接著又放入花椒、冰糖、八角、香葉、白蔻、桂皮、小茴香等香料，用小火炒片刻，最後再加上一點酒糟增添風味，底料就大功告成了。

柯采依將底料盛出備用，緊接著處理其他食材。她將已經凝固的鴨血切成均勻的薄片，牛百葉洗淨後切成梳子片，黃喉切片，鱔魚切段，菜心切成條，另外洗了一把黃豆芽。

柯采依將食材一一準備完畢後，揭開熬著豬大骨和嫩山雞的鍋蓋，一股濃郁的肉香瀰漫開來，用筷子輕輕一戳，雞肉便脫骨了。她將底料和底湯倒入鍋中混合，放入食材燒煮。

接著準備了一只大瓷碗，鋪好焯熟的黃豆芽和菜心條做底，將滾沸的毛血旺倒入碗中，澆上乾辣椒段和花椒油，頓時散發嗞嗞聲和辣香，最後撒上一點蔥花，這道毛血旺就完成了。

柯采依用乾淨的白巾將邊緣濺出來的點點油漬擦乾淨，畢竟是決賽，她力求做到盡善盡美。擺盤完畢後，兩柱香燒得也差不多了。

柯采依剛鬆了一口氣，主事就敲響了結束的鑼，五位參賽者都停下了手裡的動作。決賽只剩下五個人，為了不相互干擾，故而每個人做菜的位置都隔得比較遠。柯采依位置靠後，站在自己的位置上看不到其他幾個人做的東西。但是能進入最後一輪的人，廚藝自然不可小覷。

決賽要比前幾輪更加隆重和嚴格，連知縣大人也親臨現場監督。

主事見各位參賽者都已經準備妥當，便高聲喊道：「好的，各位鄉親父老，最後激動人心的時刻到了。這一輪評比依然是各位將自己的菜品端到評審席，交給評審品鑑，按照喊到的順序依次過去即可。」

上一輪評審們是坐在封閉的棚子內，這一輪卻不同，棚子四面的毛氈都已經撤下，周圍的人完全可以看到裡面的情況。這是為了公平，好讓現場的人都能看到全部的過程。

柯采依仔細瞧了瞧評審席處，以王員外為首的五位評審已經落坐，在他們後面還有兩張空座。她心裡暗暗揣測，想來其中一張應該就是知縣的座位了，只是另一張座位是何人的呢？

很快，柯采依就知道了答案。

一個衣著華貴的中年男子從一側款款走來，主事趕過去對他點頭哈腰，虛扶著他走上評審席，原本已經落坐的五個評審見到他，連忙起身行禮，齊齊的喊了聲：「大人。」

而知縣的身後跟著一位穿著茶白長袍的男子，那男子不是別人，竟是陳晏之。

柯采依目瞪口呆的看著陳晏之坐在知縣旁邊的座位上，她心裡其實猜測過陳晏之的身分，知道他家世必然不是那麼簡單，但是沒想到連知縣都要對他禮讓三分，他到底是什麼來頭？

柯采依緊緊盯著陳晏之的方向，因為隔得有點遠，不知道是不是錯覺，陳晏之的眼神似乎也若有若無的拋向了她這邊。

張槐見陳晏之到場，轉過頭神色不明的瞪著柯采依。這陳家公子以前從未出現在品味會的比賽現場，這一次卻為何破了例，難道是為了那丫頭？

柯采依感受到張槐不懷好意的眼神，毫不猶豫的朝他翻了個白眼。與她何干，她也不知道為什麼陳晏之會出現在決賽評審席上。

正當柯采依不明所以的時候，只見主事低頭和中間的王員外交談了片刻，便立即走回原位，宣佈評比開始。

第一個上菜的是是那彪悍的壯漢黃武，柯采依看不清黃武的菜，只見他端著一個黑色的陶罐，走過去後揭開陶罐蓋子，幾個評審品嘗一番，又交頭接耳的點評了幾句。坐在中間的王員外也不忘給後面的兩位大老遞上碗筷，讓他們品嘗品嘗。知縣閉著眼睛品了一會兒，微微點了點頭，又和陳晏之交談了幾句，似乎在交換意見。

不過片刻功夫，黃武就轉身走了回來，臉上沒什麼表情，看不出是喜是悲。

第二位去評比的是麵館廚子孫小六，他在上一輪用一道鮮美無比的「八珍麵」征服了評審的味蕾。這一回他也頗為胸有成竹的走向了評審席，雖然聽不大清他們說的話，不過孫小六走回來時，眉頭緊鎖，嘴角下垂，結果似乎沒有讓他滿意。

孫小六之後終於輪到柯采依了，她深呼吸一口氣，朝人群中的周巧丫送去了一個放心的眼神，便端起瓷碗穩穩的走向了評審席。

柯采依剛在評審座面前站定，就和陳晏之打了個照面。陳晏之朝她微微點頭，眼神卻看不出情緒。柯采依深知此刻不適合暴露兩人早就相識的關係，於是不動聲色的扯了扯嘴角。

李老一見柯采依走了過來，捋著鬍鬚笑道：「采依丫頭，總算到妳了。前兩輪的檸檬蛋糕卷和仙鳥獻瑞讓老夫一直念念不忘，這回有什麼新奇的菜品啊？」

王員外聞言打趣道：「小丫頭，李老早早就在念叨著妳的菜了。」

柯采依露出感激的笑容，揭開瓷碗的蓋子，毛血旺還冒著絲絲熱氣。

她勾起嘴角微笑道：「各位評審大人，小女子今天做的這道菜叫做毛血旺，請品嘗。」

五位評審湊過來一看，瓷碗裡滿滿的湯汁清透紅亮，鴨血、牛百葉、黃喉、鱔魚等食材圍著圈齊齊的擺著，鮮綠的蔥花和乾辣椒段簇在中間，鮮香麻辣的味道更是止不住的往鼻腔裡鑽。

那個大冬天仍然不忘搧扇子的男子聞得太過猛，被嗆得連忙轉過頭去打了個噴嚏。整了整儀態後，他轉過身來嚥了下口水。「這味兒真夠辣、夠勁。」

王員外眼裡滿滿都是讚賞，好奇問道：「毛血旺？這道菜我也是第一次見，有何來源嗎？妳為什麼選擇做這道菜，與這次決賽『火』的主題又有何關係？」

這一連串的問題，是在考她了。

柯采依將早就準備好的說詞在腦海順了一遍，笑道：「這是我從一個走街串巷的貨郎那裡聽來的，據說是西南地區賣雜碎湯的廚師發明，將鴨血、毛肚放入雜碎湯裡煮，越煮越鮮。」

「至於我為什麼選擇做這道菜？」柯采依停頓了一下，抿了抿嘴角道：「毛血旺顏色鮮紅透亮，滋味火辣濃厚，吃完全身暖乎乎的，豈不是像極了火？再者這道菜來自民間小攤，家家都吃得起，小女子做這道菜是寓意來年咱們木塘縣老百姓的日子都能夠紅紅火火，越來越旺啊。」

「說得好極了。」

原本在後面坐著沒有出聲的知縣聽完柯采依的一番話，忍不住拍手叫好。他站起身走了過來，打量了柯采依一番後，指著毛血旺大聲笑道：「好一道紅紅火火、越來越旺的毛血旺，這不嘗都不行了啊！」

柯采依頭一回離知縣這麼近，這個中年男人面相倒頗為慈祥，她不急不緩的朝他行禮道：「民女謝大人誇讚。」

「不必多禮，今天我只是來旁觀的，真正的主角是你們啊。」

沒想到這位知縣大人還挺平易近人的。

「哎喲，別說那客套話了，咱們趕緊嘗嘗吧。」扇子男從一開始就口水四溢了，這會兒聽兩個人一來一往的客套，早就等不及了。

得了知縣的允許，柯采依便將毛血旺分裝在幾個小碗裡，遞給了幾位評審和知縣，當然最後少不了遞給陳晏之一碗。陳晏之從她手裡接過去，嘴角勾起，朝她微微頷首。

柯采依臉上莫名一熱，無意識的輕咬了下嘴唇。

柯采依還沒緩過神來，扇子男已經迫不及待的率先喊了出來。「好吃，真是太好吃了。這個時候就缺白米飯了，澆上這個湯汁，我能吃下三大碗。」

知縣優雅的細細咀嚼了幾口，眼神一亮，輕輕搖著腦袋喟嘆道：「我還從未吃過如此豐富的味道，鮮、麻、辣匯集在一處，一股腦兒的衝進喉嚨，好生過癮！」

新鮮的鴨血滑嫩鮮美，剛進嘴就順著喉嚨滑了進去，牛百葉爽利脆嫩，鱔魚入口即化，鮮甜的滋味縈繞在齒間，再咬一口脆生的菜心和豆芽，喝一口麻辣鮮香的湯汁，全身的毛孔似乎都張開了。

「小丫頭果然沒有令老夫失望，尤其是其中的鴨血，到底是如何做的？竟然沒有絲毫腥氣。」李老的額角已經微微滲汗，但眼神亮晶晶的，毫不掩飾的讚譽道：「麻辣味夠勁但又不會燒口，老實說大冬天坐在敞開的棚子裡，手腳都凍得麻木了，來上這麼一碗毛血旺，真是人生快事啊。」

「可不是嘛，連我這種向來吃不了辣的人都忍不住一再伸筷子了。」美豔婦人朝她眨了眨眼，用手帕輕輕擦拭了下嘴角。「下回能做得稍微不那麼辣就更好了。」

「當然可以。」柯采依笑著應了。「有機會您到我攤子那裡去吃，我專門為您做一道改良版的。」

美豔婦人嘿嘿一笑道：「那就這麼說定了。」

「晏之，你覺得如何？」知縣滿足的喝了口湯，回頭望向陳晏之。

陳晏之嚥下最後一口鴨血，嘴唇沾上了點湯汁，亮晶晶的。不知為何，柯采依心裡怦怦怦跳得很快。

陳晏之動了動眉頭，勾起嘴角說道：「大人，這道菜的關鍵應該就在於這湯底了，能夠做到口感醇厚、辣而不燥、湯紅鮮亮，便知這做菜的人功力不淺。」

「正是如此，我也是最愛這紅油湯底的味道。」知縣如同找到了知音一般，轉頭朝柯采依問道：「沒個幾年的灶上打磨是出不來這味道的，丫頭妳小小年紀就有這本事，了不得了不得。」

柯采依輕笑道：「大人過獎了，民女也只是唯愛嘴上那一口，故而多了分熱忱罷了。」

知縣聽到這話，滿意的點了點頭，這個小姑娘見到他完全沒有旁人那種膽戰心驚的模樣，回他話時也是不卑不亢，這種氣度哪像個村姑？

點評完畢後，柯采依便想和黃武、孫小六一樣退回自己做菜的位置，沒承想王員外叫住她。「柯姑娘請留步，妳不妨留在此處，觀摩接下來兩位大廚的菜品。這兩位可是咱們木塘縣鼎鼎有名的廚師，妳難道不想看看他們決賽做的什麼菜嗎？」

雖然張槐和趙良才是奪冠熱門，但是這個丫頭三輪都表現出色，沒準兒最後能與他們兩位搏一搏。

柯采依聞言點了點頭，其實她對蟬聯冠軍的趙良的廚藝也充滿了好奇心，還有那個明顯心術不正的張槐又能做出什麼菜來？她揣著滿肚子的好奇，走到一旁老老實實站著。

圍觀的老百姓看柯采依居然沒有回到原來的位置，反而可以站在一旁觀看，頓時交頭接耳起來。

「妳看那個小姑娘咋可以站在那裡旁觀？這明顯是搞不平等待遇嘛。」

「八成是做的菜對上知縣大人的胃口了，沒瞧見大人臉上都笑出花來了。萬萬沒想到最不被看好的小丫頭片子實力不淺啊，早知道也給她下一注了。」

「你也下了賭注了？我買的是趙大廚，他可是連年的頭名啊，小丫頭片子再有本事，能贏得了他？」

「對對對，趙大廚灶上幾十年的功力了，名聲響遍整個木塘縣，絕對能贏。」

人群中的趙三娘一臉陰沈的聽著旁邊的人議論，萬萬沒想到那丫頭竟然有點本事。本以為柯采依參加這個品味會也就是湊個熱鬧罷了，所以沒有當回事，可是聽村裡人說柯采依進了決賽，這下她可無論如何也坐不住了，也顛顛跑來圍觀，心裡想著決賽都是高手雲集，到時候能親眼看到柯采依出糗丟臉就最好不過了。

然而事與願違，柯采依似乎很受知縣待見，幾個評審也笑意盈盈，難道她做的菜真有那麼好吃？

緊跟在柯采依後面的就是張槐，知縣看到張槐手裡長長的白瓷盤，好奇的問道：「張大廚，你這次又帶來了什麼珍饈美味？」

「大人您可仔細瞧，這次的菜一定可以讓您大開眼界。」張槐信心滿滿的樣子，邊說還邊斜著眼睛在柯采依和陳晏之之間來回掃視，眼神裡滿滿都是不懷好意。

柯采依冷漠的回望他，她是堂堂正正來報名參賽的，根本不怕他說出她和陳晏之早就相識的事情。倒是張槐，如果他敢有任何不規矩的行動，她也不怕把他背地裡幹的齷齪事抖摟出來。

陳晏之自然也注意到了張槐的眼神，只不過他瞥了一眼便轉過頭去，這種人還入不了他的眼。

張槐揭開白瓷盤的蓋子，只見盤子中央擺放著一隻頭尾高高翹著的魚，只魚身是一卷卷豎立起來的條狀物，仔細一看，原來是用魚皮包裹著粉紅色的魚肉。

「這菜特殊在哪兒？」知縣已經不滿足坐在後面觀望了，直接坐在原本王員外的位置上，替代了他主評審的職務。

張槐神神秘秘的說道：「大人請仔細聞一下，玄機就在這氣味裡。」

知縣湊近聞了聞，皺著眉頭道：「有酒的味道，而且是陳年的花雕吧。」

張槐豎起大拇指。「大人果然厲害，一聞便知。」

站在一旁的王員外等不及了，催促張槐道：「別賣關子了，趕緊說吧。」

張槐聞言朝著知縣畢恭畢敬道：「大人，我這道菜乃是選用上等的野生金鱒魚，將魚肉和魚皮分開，魚肉以雞湯、鮮奶烹熟，最關鍵的在於魚皮部分，用珍藏了十八年的花雕酒浸泡，而且……」

說到這裡張槐故意停頓了一下，接著說道：「現在你們看到的魚皮其實還是生的。」

知縣追問道：「生的怎麼吃？」雖然魚膾也不少見，但是生魚皮還是沒吃過的。

「這就是這道菜的特殊之處。我要當著大家的面來烹飪魚皮，大人請退後。」

知縣聞言一頭霧水的往後縮了縮，張槐從懷裡掏出一個火摺子點燃，他往火摺子吹了吹，火苗變得更大了一些。接著他環顧了眾人一圈，將火摺子往魚肉上轉著圈快速劃過，泡了酒的魚皮立刻燃燒起來。

張槐很滿意，得意笑道：「這就是我今天要做的——火焰魚。」

柯采依心裡暗道這不就是簡易版的噴火槍？張槐在做菜上倒是有點腦子，如果不是一肚子壞水，其實可以結交一番。

被火燒過的魚皮快速變色蜷曲，待火熄滅後，魚肉魚皮表面緊縮，微微散發出焦香。

「這主意妙啊，不愧是漢泰樓的掌勺大廚。」曾經批評她的八寶布袋雞是投機取巧的年輕男子對她的毛血旺沈默不語，此番看到張槐的火焰魚，倒是率先開口了。

「多謝楊公子讚譽。」張槐頗為得意的看向柯采依，似乎在說「趕緊認輸吧」。

創意是有的，但是一道菜不僅要看外表，更關鍵還是味道。柯采依看到張槐如此處理金鱒魚，心中已經有點不大認同。

張槐是算好量的，魚皮捲魚肉只做了七小份，五個評審加上知縣和陳晏之剛好一人一口。

美豔婦人見狀立刻將自己手裡的魚肉挾斷一分為二，將一半遞給柯采依。「丫頭妳也來嘗嘗。」

「柯姑娘可得好好品一品啊。」張槐一點也不生氣，她只有親自嘗過了才知道輸在哪裡。

柯采依扯著嘴角道：「那是自然了，我也早就想領教一下張大廚的手藝了。」

「魚皮焦脆，滿口生香，好好好！」知縣一連三個「好」字，令張槐腰板挺得更直了。

魚皮焦香不假，但是魚肉發柴，其實這種魚類不宜過度烹飪，張槐又是雞湯又是鮮奶，反而掩蓋了魚肉的鮮嫩清香。當然這些話她只在心裡默念，現在她與張槐是競爭對手，大剌剌說出批評之語，定會被認為是嫉賢妒能。

張槐見柯采依不說話，以為她是嚇得不敢評價了。

「張大廚的點子很有趣，但是魚肉本身的味道卻被掩蓋，有點喧賓奪主了。」陳晏之說出了柯采依不好說的話，她在心裡默默給他點了個大大的讚。

李老放下筷子附和道：「老夫也有此意。」

張槐一聽臉立馬耷拉下來，剛想開口反駁，王員外揚聲道：「品菜本來就是各抒己見，既然現在存有異議，不妨先看下最後一位的菜式再定奪，趙良也等很久了。」

張槐只好暫時作罷。

趙良最後一個上場，一如前兩場那般寡言少語，上來二話不說，直接揭開紅瓷碗的蓋子，裡面赫然是一隻似乎要展翅飛翔的禾花雀，底下鋪著兩圈竹蓀菌，上頭澆著紅色的湯汁。

趙良沈聲道：「我這道菜叫做浴火鳳凰。」

「名字好彩頭。」知縣對這道浴火鳳凰興致頗濃，立刻招呼大家分而食之。他咬下一口禾花雀的肉，咀嚼了兩下，突然臉色微變，他又細細品了品，眉頭緊鎖，朝趙良說道：「這禾花雀怎麼有一股澀味？」

「的確發苦。」王員外和李老都嘗了出來。

「不可能。」趙良臉色大變，抓起筷子自己嘗了一口，驀地睜大雙眼。「這不可能啊，怎麼會這樣？」

柯采依沈思了一會兒，斟酌著開口。「你的禾花雀表面是不是塗抹了什麼東西？」

「是的，我塗了里木子的汁液，可以提味增鮮。」

美豔婦人道：「是不是里木子已經是壞的？」

「不應該啊。」柯采依歪著腦袋想了想。「我第一輪也用了里木子，品質完全沒有問題。更何況里木子在大冬天是經得起儲存的。」

趙良氣得雙手撐在桌上。「我確定拿的里木子很新鮮。」

那會是哪裡出問題了？柯采依看向陳晏之，可是自從趙良來了以後，他就沒有說話，垂著眼眸，不知道在想些什麼。

這時張槐陰陽怪氣道：「自己廚藝不精，就別賴在食材上了。」

聽到張槐這話，柯采依古怪的看了他一眼。張槐希望她能放棄這場比賽，被她拒絕了，可是今天瞧他仍是信心滿滿的樣子，柯采依暗暗思量，趙良和張槐明顯是對頭，必定不會被他收買，可是黃武和孫小六就不一定了。

她突然想到了比賽前的一幕，越想越覺得有問題。她走到趙良旁邊，問道：「趙大廚，你的食材可曾被別人碰過？」

正焦急的趙良皺著眉頭道：「妳這是什麼意思，食材全是我親自挑選，烹調過程中也沒有經過他人之手。」

「你確定嗎？你再想想，你比賽前是不是撞到誰？」

趙良轉了轉眼珠，一拍桌子。「對了，我拿食材的時候被那黃武撞到，食材掉了一地，還是他給我撿起來的。」

他厲聲道：「妳是懷疑黃武在那個時候動了我的食材。」

柯采依輕聲道：「我只是提出一種可能。」

王員外聽到兩人的對話，便知此事有貓膩，朝主事吩咐道：「去把黃武叫過來。」

柯采依聞言看向張槐，他的臉上露出緊張的神情。

黃武跟隨主事走到棚子內，彎著腰畢恭畢敬道：「不知大人叫小人有什麼事？」

知縣冷聲道：「黃武，你在比賽前是不是撞翻了趙良的食材籃？」

黃武戰戰兢兢道：「是……是的，但小人是無心的。」

「你是不是在那個時候對他的食材做了什麼手腳？」

黃武一聽立刻跪了下去。「冤枉啊！小人只是幫趙大廚撿起食材，絕對沒有做什麼手腳。」

知縣用力的拍了下桌子。「你可知，在本官面前撒謊該當何罪？」

黃武打了個哆嗦，手不自覺的摸向了腰帶，結結巴巴的開口。「小人……小人不敢說假話。」

本來一直沈默的陳晏之這時開口道：「大人，正所謂捉賊要拿贓，不妨搜一搜他的身，如果沒有可疑之處，我們也不好誣賴一個好人。」

「說得在理。」

主事得了知縣的命令，捋起袖子，開始搜黃武的身。黃武此刻渾身抖得像篩子，大冬天的額頭開始冒出冷汗。主事辦事俐落，很快就在黃武的腰腹處摸到一個凸起的異物，在腰帶裡一翻，果然找到一顆嬰兒拳頭大小的里木子。

眾人此刻看黃武的眼神都變了，趙良更是氣得臉色發白。「果然是你。」

知縣沈著臉問：「黃武，你腰帶裡為什麼會有一顆里木子？」

黃武整個人都快趴到地上，哆嗦著回話。「小人……小人原本是想用這果子入菜。」

「可是本官記得你的菜裡沒有用到這果子吧。」

「是……是後來發現不需要，就沒用。」

「那你為什麼要藏在腰帶裡？」

「因為這果子很珍貴，小人一時貪心，想帶回去給俺娃娃嘗個鮮。」

趙良上前一步，指著黃武怒氣沖沖道：「你在撒謊！定是你偷換了我的果子，想害我做不出好菜來是不是？」

黃武還想否認。「小人冤枉啊！」

只是從黃武身上搜到里木子的確難以將他定罪，柯采依沈思了片刻，說道：「比賽的食材全都是由官府採買，想來買了多少都會記錄在冊，不妨對一對里木子的數量，如果有人從外面帶進來，這個數就對不上了。首先聲明，第一輪時我用了兩顆。」

陳晏之頷首道：「柯姑娘言之有理，主事那裡可有記錄在冊？」

「當然有。」主事馬上從身後抽出一本帳冊，翻了幾頁後，道：「有了有了，這里木子原本不在採購之列，只是恰巧看到才買了幾顆。總共就買了七顆，因為幾乎沒有人用，後面也沒有再添補。」

「這就對了。」趙良一拍手嚷道：「我記得我去拿的時候還剩下五顆。現在只要去看看食材區那裡還剩幾顆，就知道是不是有人從外面帶了里木子進來。」

主事飛快跑去食材區查看，又喘吁吁跑回來向知縣回話。「稟大人，食材區還剩四顆。」

知縣哼了一聲。「黃武你還有什麼話好說。」

第十六章

黃武聽到這裡面如死灰，嘴唇抖個不停，突然他抬起頭來，朝著張槐喊道：「張槐你要救我啊！俺都是照你的吩咐去做的。」

張槐臉色大變，往後踉蹌了一步，強裝鎮定道：「你少血口噴人，這事與我有什麼干係？」

黃武一臉不敢置信的模樣，指著他哆嗦道：「昨天明明是你到俺家，給了俺一百兩銀子，要俺在決賽時做手腳的，你現在怎麼翻臉不認帳了？」

張槐彷彿聽到天大的笑話，瞪大眼睛道：「你放屁。」

黃武顫抖著往前爬了幾步，一個壯漢如今一把鼻涕一把眼淚的朝知縣喊道：「大人明察啊，小人……小人只是一時糊塗，真正的幕後黑手是張槐啊！」

知縣瞥了張槐一眼，沈聲道：「你細細說來。」

黃武擦了下眼淚道：「小人從沒有想過害趙大廚啊，是張槐昨天特地到俺家，許諾只要在決賽上為他辦事，掉換趙大廚的食材，就可以給俺一百兩銀子。他還提前給了五十兩，現在就被俺藏在家裡。我一時鬼迷心竅，就……就答應了。這個里木子也是他事先給俺的，交代俺找時機換掉趙大廚原本拿的。」

果然與她想的差不多，柯采依冷眼看著張槐。

他此刻臉色陰沈得像要下雨，眼珠亂轉，不知道打的什麼主意。

她原以為張槐頂多也就買通其他人放棄決賽而已，沒想到他膽子大到竟在比試過程中做手腳，有必要做到這種地步嗎？他費盡心思，還出了不少銀子，這個比試對他來說有這麼重要？

或許背後有她不知道的內情。

想到這裡，柯采依看向陳晏之。不過他一臉平靜，似乎事情的發生在他的意料之中。

知縣聽完黃武的一番話，一拍桌子怒道：「張槐，你還有什麼話要說？」

張槐連忙跪下磕頭。「大人冤枉啊！這都是黃武的一派胡言，我與他之前並不相識，如果真要做什麼手腳，怎麼會找不認識的人呢？再說大賽的獎金就是五十兩，我何苦又花一百兩去做這個勾當，豈不是倒貼錢？如果他非要說是我指使的，那麼就拿出證據來。」

知縣暗道似乎是這個理，便又問黃武。「你有什麼證據嗎？如果敢胡說八道誣賴他人，可是要罪加一等的。」

黃武頓時急了。「俺家裡現在就有五十兩銀子，藏在床底下的罐子裡，都是張槐給俺的。俺婆娘可以作證，他昨天確實來過俺家。」

張槐忙不迭道：「大人明察，他婆娘和他定是一夥的，她的證詞不可信啊。我和趙良怎麼說也是相識多年，怎麼會陷害他呢？」

好好的一個美食比賽突然變成了衙門審案，場外的老百姓更是看得一頭霧水。

知縣眉頭皺得可以夾死蒼蠅，這兩人互相扯皮，如果再解決不了，這個一年一度的盛事就被毀了。

「你可還有其他證據？例如還有別的什麼人見過張槐到你家去？銀子無法定罪，可還有其他物證？」

「他去的時候是晚上，應該沒有旁人看見。」黃武此刻嚇得趴在地上瑟瑟發抖，如果找不到證據，那麼這件事就必須是他一個人擔了，還得加上誣賴他人的罪名。但是一下子他的確也拿不出其他的證據，心裡慌成一片。

張槐似乎篤定了黃武沒有指證他的實證，臉上鎮定許多，還露出一絲輕蔑的微笑。

柯采依心裡暗暗想著可惜現在沒有指紋鑑識，要不然從銀兩上採集張槐的指紋，一切便可真相大白。她原本想將張槐也曾經找過自己的事情說出來，可是轉頭一想，自己也是口說無憑，甚至連他給的銀子都沒有，知縣會相信她嗎？

就在她思前想後之時，陳晏之突然開口道：「按理說，趙良在決賽上要做的菜品應該只有他自己知道，為什麼黃武可以提前準備好里木子？」

黃武立即回道：「這都是張槐告訴俺的，他說他得到了確切消息，知道趙大廚決賽做的什麼菜。」

這就有趣了，看樣子趙良身邊有內賊。

知縣沈思了一會兒道：「晏之，泉喜樓是你的產業，趙良要做什麼菜，有沒有告知你？」

什麼！陳晏之竟然是泉喜樓的老闆，也就是說趙良是他的人，難怪張槐上次碰見他們倆，陰陽怪氣的說他派了兩個人來參賽。

柯采依看著陳晏之依然一副事不關己的高冷模樣，暗道這人真是深藏不露。

陳晏之略微搖了搖頭。「泉喜樓雖然是我的產業，但我一向很少直接插手，再說我很信任趙大廚，他做什麼都無須向我彙報。」

趙良附和道：「這次決賽的菜品只有我和我徒弟小九知道，小九跟了我許久，忠心耿耿，斷不會是他背叛我。」

「是不是把他叫來一問便知。」趙良在場內做菜，小九就在場外候著，知縣便打發主事把他找來。

柯采依一直在觀察張槐，自從聽到要把小九叫來後，他那副鎮定自若的表情似乎繃不住了。

趙良的徒弟小九是個不到二十歲的男子，穿著灰衣灰褲，此刻被主事將雙手反剪在身後，耷拉著腦袋走進棚子裡。

主事揚聲道：「大人，這小子一聽說你要找他問話，轉身就想跑，還好我手腳快，立刻把他抓住了。」

知縣聞言便知此事有蹊蹺，手指不輕不重的敲了兩下桌面。「好端端的你跑什麼？」

小九頭埋得更低了，聲音都在打顫。「我只是從沒見過大官，聽到知縣找我就感到害怕。」

「沒做虧心事怕我做甚？」

「回大人，我只是……只是膽子小。」

趙良攥緊了手，如果此刻他還沒有明白發生了什麼事，那就是白活了幾十年。只是他心裡仍然不敢相信，上前逼問道：「小九，我就問你一句，你有沒有把我預備要做的菜告訴過別人？」

小九頭也不敢抬，戰戰兢兢道：「沒有啊師父，我知道這次比試對您的重要性，怎麼敢做出這種事？」

趙良嘆了口氣，看著這個昔日裡猶如親生兒子一般的徒弟，痛心得說不出話來。

陳晏之見趙良不忍再問，便走到小九跟前，居高臨下看著他，冷著聲音道：「小九，我再問你一次，你有沒有把你師父決賽要做的菜式告訴過別人？你想清楚了再回答，如果你自己坦白，或許可以放你一馬，如果事後被查出來，就別怪我不客氣了。」

陳晏之和小九沒有什麼師徒情誼，便直接將醜話說在前頭。小九聽到這話額頭冒出冷汗，陳晏之和趙良不一樣，趙良也許會念舊情放過他，但這位主子可就不一定了。小九到底年紀還小，被這麼一嚇，內心掙扎了片刻，終於還是招了。

「我說……我說。」他一邊磕頭一邊哭著說出原委。

原來他染上了賭癮，但是手氣不佳欠了很多賭債，卻不敢和趙良說。前幾天在賭場碰到張槐，張槐許諾他，只要將趙良在品味會上要做的菜式告訴他，就可以給他一筆豐厚的酬勞，足以償還賭債。小九實在被賭場的人追債追得沒辦法，糊裡糊塗就答應了。

小九說完，就哭著給趙良磕頭。「師父我對不起您。」

師父一向視他如己出，親傳廚藝，只可惜因為自己手賤，一時糊塗，將一切都毀了。

趙良嘴唇抖動了兩下，最終閉上眼睛，什麼話都說不出來。

陳晏之拍了拍他的肩膀，沈吟片刻，緩緩說道：「大人，現在小九也指正張槐是主使，您看該如何處置？」

「大人我冤枉啊！」張槐依然再喊冤，聲音比剛剛還要大，不去唱戲真是可惜了。

「哼，你以為本官糊塗嗎？剛剛你說黃武誣陷你，可是現在小九也說是你幹的，你還有什麼可辯解的？」

「這……這……」張槐一時語塞，事情的發展已經脫離了他的控制，他絞盡腦汁想著對策。

「大人我還有證據。」小九忽地出聲，急切的從懷裡掏出一個東西，高高舉起來給大家看。「這是張槐給我錢那天，掉在我那裡的玉珮，小人……一時貪心，就沒有還給他，這上面還刻著一個『槐』字，請大人明察。」

張槐一看到那塊不知道什麼時候丟失的玉珮，一下子癱坐在地上。完了，這下全完了。

主事從小九手裡接過，雙手呈給知縣。知縣仔細端詳，碧綠色的玉珮中間果然刻著「槐」字。他勃然大怒，走到張槐跟前，將玉珮丟到他面前。

「你還有什麼話好說？別告訴我這玉珮也不是你的，天底下沒有這麼巧的事。」

張槐像被抽掉主心骨一樣，沈默片刻後放棄了掙扎。「是，這一切都是我做的。」

趙良死死盯著張槐，急吼吼道：「我與你平日裡並無仇怨吧，為什麼要陷害我？」

張槐被在場人的目光盯得瑟縮了一下，啞著聲音道：「我只是不甘心，連續三年都是你拿到頭名，我的廚藝明明不比你差，可是旁人說起木塘縣大廚一把手時，都說的是你，憑什麼？我不甘心啊。」

「就這麼簡單？」陳晏之冷眼掃視了一遍棚子裡的人，並沒有全然相信他的話。「這些都是你自己幹的，背後還有沒有主使，或者還有沒有其他的幫手？」

張槐怔了片刻，然後堅定的搖了搖頭。「沒有旁人，這些全都是我一個人策劃的。」

「一年一度的盛事都叫你們幾個敗類給毀了。」知縣見張槐承認了罪行，當下便叫人把他和小九以及黃武先押回大牢，等他回去再仔細審理。

張槐和黃武被押走之後，參賽者只剩下三人。

一直在旁邊默默圍觀知縣審案的王員外冷不防道：「這下該如何評比？」

孫小六和黃武的菜平平無奇，原本想從趙良、張槐和柯采依中間分出個勝負來，現在這種情況此前也從未發生過，王員外一時也不知如何處理才好。

「就從剩下的人裡比。」知縣一想又覺得不對，趙良的菜已經被毀了。「趙良給你個機會，讓你重新做一遍可好？」

「算了。」趙良擺擺手，一臉無奈，語氣低沈。「一則我現在沒有心情去做菜，二則我認為柯姑娘的手藝確實高超，輸給她我沒意見。」

「可是這樣對你不公平。」柯采依是很想拿到這次比賽的頭名，但是這種情況下就算得了第一，也會讓人覺得勝之不武。

「柯姑娘不必推辭，其實前兩輪我就注意到妳了。妳小小年紀就在廚藝上有如此造詣，這個頭名妳當得起。」

正當柯采依想繼續推辭時，陳晏之開口攔住了她。「妳就別再推脫了，現在妳拿頭名是最好不過的。」

「陳公子說得沒錯。」王員外笑道：「柯姑娘不必覺得擔當不起，其實就算沒有這一齣，我們幾個評審也覺得妳的毛血旺可以爭第一。」

「是啊，妳的毛血旺既有新意，味道又好，更貼合決賽的主題，所以妳不要再謙讓了。」李老也站出來勸說。

「好，就這麼定了。」知縣最後拍板決定。

然後按照流程，柯采依跟著知縣走上比試場前面的高臺上，由知縣親自宣佈比試的結果。

「現在我宣佈，本屆品味會第一名獲得者是柯采依。」

柯采依看著底下的人群，有一種被趕鴨子上架的感覺。

因為出了張槐這事，知縣也無心在比試場地多留。

他宣佈完結果後，又快步走向陳晏之。「晏之啊，聽說你父親已經從京城回來了是不是，我想登門拜訪他老人家，不知道方不方便？」

「大人要來自然是方便的。」陳晏之自始至終保持著公子範兒的高冷。「家父這幾日並無要緊事，隨時恭候大人光臨。」

知縣得到了滿意的答案，又和主事交代了一番，便匆匆忙忙走了。

柯采依聽著知縣和陳晏之的對話，對他的身分更加好奇了。

當知縣大人宣佈柯采依拿下這屆品味會頭名時，圍觀的老百姓頓時炸開鍋了。相比趙良、張槐這些在木塘縣早已有名氣的大廚而言，柯采依著實是一文不名。畢竟她的柯記酸辣粉小攤開了僅僅月餘而已，還沒有闖出什麼名堂。雖然前兩輪她的表現驚人，可是大多數老百姓其實認為她也就止步於此。

可是萬萬沒想到柯采依竟然成了匹黑馬。

可不是黑馬嘛，就是因為一開始沒有把她放在眼裡，張槐才一門心思將精力用在對付趙良身上。

然而這波震驚還沒結束，又來了一個爆炸性消息。

圍觀的老百姓早就瞧見張槐、黃武突然跪倒在知縣大人面前，都猜到定是出了什麼事，但是隔得有點距離，聽得不真切。倒是有幾個人大著膽子湊過去聽了幾耳朵，不過回來後你傳我我傳你的，一、兩句話歪成什麼樣的都有。

眼見知縣大人甩甩袖子坐上馬車走了，外面圍觀的這群人還在為到底發生了什麼事情急得抓耳撓腮，這時主事終於公開、簡短的將此事向百姓們通報了一下。

「參賽者張槐和黃武因在比試場上做手腳，偷換食材，擾亂比賽秩序，被取消資格，暫時關進大牢聽候處置。」

一石激起千層浪。

這個消息在老百姓心中比柯采依贏了比賽還要來得震撼，張槐可是木塘縣鼎鼎有名的大廚，雖然多次比賽中都被趙良壓了一頭，但實力擺在那裡也是毋庸置疑的。

「俺剛剛沒聽錯吧，張大廚被抓起來了？」

「你沒聽錯，的的確確說的是張槐。我去漢泰樓吃過飯，瞧過他兩回，平素看著像個好人啊，真是知人知面不知心。」

「那是你識人不清，我早就發現張槐是個小人了，前幾年比賽時總是暗戳戳的擠對趙大廚。」

「可是這姓柯的丫頭從哪裡冒出來的，雖說張槐和黃武都走了，可還有趙良啊，泉喜樓的當家大廚咋能輸給這個不知名的小丫頭片子？」

「你傻啊，雖然主事沒有明說，但絕對是趙良的食材被掉換了，因此才輸了唄。」

「不過這也太不公平了，姓柯的丫頭完全是撿了個大便宜，這個鄉下來的村姑，哪裡做得出什麼上得了檯面的東西出來唷！」

周家兄妹攬著柯均書和柯采蓮兩個小傢伙，旁邊站著李仁和楊琥。作為柯采依的後援團，本來正為她的勝利歡欣鼓舞，此時聽到身後人群的閒言冷語，臉色都沈了下來。

楊琥素來壓不住脾氣，轉過頭對那位批評柯采依的中年男子嗆聲道：「這位大叔，柯姑娘得頭名，是知縣大人親自評選、親自宣佈的，你這麼說就是在質疑知縣大人的決定嘍？」

楊琥不愧是讀書人，巧舌能辯，開頭一頂質疑知縣大人的大帽子壓下來，就嗆得那中年男子不敢回話。

李仁也站出來為自己的同鄉撐腰。「柯姑娘的名氣雖比不上那兩位酒樓大廚，但她的廚藝很多人都實實在在嘗過，柯記酸辣粉在東市也是小有名氣的，那酸辣粉的滋味多少人嘗過就忘不了。你沒有吃過她做的東西，就沒有發言批評的道理，改日你可以去試試，吃過之後再發表高見不遲。」

一邊懟人，一邊還打了個廣告，李仁覺得自己真是很機智。

那中年男子見這兩個小夥子都穿著書院的衣服，面對讀書人，不自覺矮了三分，又被他們有理有據的反駁了幾句，當下就啞口無言，只得臉色不善的哼了一聲。

此時旁邊一位拄著枴杖的老者冷不防插話道：「這位小公子說得在理，能入得了知縣大人和眾多評審的眼，柯丫頭必然有獨到之處。而且柯丫頭的酸辣粉，是老朽這輩子吃過最好吃的粉了，現在隔兩天不去嘗一嘗就渾身不得勁。」

「就是就是，那酸辣粉的味道真是絕了。」

「還有那雞蛋灌餅，我在別處從沒看見有賣的，是木塘縣獨一份咧。」

真的假的？那中年男子聽著周圍越來越多人說著柯采依酸辣粉的好，半信半疑，琢磨著改天得去吃一回，不好吃的話定要當面打臉回去。

周巧丫則一臉佩服的看著李仁和楊琥，剛剛自己憋屈得緊，張嘴卻吐不出什麼話來，可是這兩位三言兩語就堵上了別人的嘴。

讀書人說話就是不一樣。

而此刻被他們議論的主角柯采依手裡捧著一個紅木匣子，匣子裡是這次品味會的獎品，五十兩銀子和一柄刻著品味會冠軍字樣的菜刀。菜刀值不了幾個錢，純粹是個紀念。

趙良因為被徒弟小九之事鬧得沒有心情，和陳晏之打了個招呼後便先走一步了。其他幾個評審向柯采依祝賀一番，也一個接一個的離開了。

轉眼間棚子裡的人就差不多走空了，只剩下陳晏之還坐在椅子上，一副悠然自得的模樣。

柯采依原地躊躇著，從剛才見面就沒來得及和他打招呼，現下她的心裡是有百般疑問，可一時之間卻不知道如何開口。

陳晏之看著眼前的姑娘雙手抱著個木匣子，圓圓的眼睛滴溜溜的轉著，就是不直視他，不知怎的想起了小時候養過的小馬駒，也常常出現這種眼神，可愛得緊。

陳晏之見柯采依似乎不好意思開口，便忍住嘴角的笑意，故作沈穩的率先開口道：「恭喜妳，柯姑娘，我就知道憑妳的實力獲勝不難。」

陳晏之一打開話匣子，柯采依也就順著聊了起來。

她抿了下嘴角，想到被帶走的張槐和黃武，嘆了口氣。「說實話，贏了我自然很高興，只不過沒想到好好一個比賽變得這麼有戲劇性。」

她到現在還有一種「鷸蚌相爭，漁翁得利」的感覺，可她卻是被動成為了那個「漁翁」。她手裡捧著比賽的勝利品，隱隱覺得有點燙手，總是想著如果趙良不是被張槐和黃武設計掉換食材的話，自己真的能贏過他嗎？

陳晏之一眼就瞧出了柯采依的心思，覺得她實在傻得可以。別人費勁心思，甚至使出下三濫的手段只為了要贏，可是她贏了還不高興。

「妳就踏踏實實當好這個第一名吧。」

陳晏之怕她鑽進了牛角尖，柔聲寬慰。「妳以為知縣大人、王員外和李老這些人是好糊弄的嗎？如果他們不是認為妳真的有第一名的實力，就算趙良的食材被掉換了，菜做砸了，他們也不會把頭名頒給妳的。」

「真的？」

「妳不信我的話？趙良可是我的廚子，妳贏了他，我作為老闆都沒有提出質疑，妳還擔心什麼？」

似乎有點道理，柯采依瞬間被這句話給說服了。

柯采依拋開了不安的包袱，想了想還是忍不住問道：「陳公子，有件事從剛才我就一直想問你。」

「什麼？」

「你之前怎麼沒有告訴我，原來趙師傅是你家酒樓的廚子？既然你自己也派了人參賽，為何又要帶我去善品齋找什麼靈感，我不是你的對手嗎？而且你怎麼會出現在評審席呢？」還有最關鍵的是，你和知縣大人到底是什麼關係？

不過這句話到了嘴邊還是嚥了下去，畢竟過分探究別人隱私不是一個現代好青年該做的事情。

面對柯采依一連串的問題，陳晏之淡淡的笑了笑。「說與不說，有何區別？我幫妳找靈感是因為我們是朋友，我沒有把妳當成對手，至於我為什麼出現在評審席麼……」

嗯？柯采依正豎起耳朵專心聽著，陳晏之卻突然停了下來。

他站起身走到柯采依跟前，看著她有點懵懂如小馬駒的眼神，笑了笑。「知縣大人與我父親有些故交，而且妳現在已經知道泉喜樓是我家的產業，所以我本人也算是和這美食沾了點邊，就不自量力的來湊了個熱鬧。」

這個回答說了和沒說一樣，可真會避重就輕。

柯采依正暗自吐槽時，周巧丫一行人興沖沖的朝著她走了過來。

「姊姊！」

雙生子歡呼一聲撲過來，緊緊的抱著柯采依的腰。

柯采依一隻手抱著紅木匣子，空出一隻手來笑著摸了摸兩人的腦袋。

周巧丫顯然還在興奮當中。「采依恭喜妳！妳知不知道剛剛知縣大人說妳贏了的時候，我激動得差點跳起來了。」

周大青無奈的按住了激動得手舞足蹈的妹妹，咧嘴說道：「我們本來打算在外面等妳，但是等了好一會兒妳還沒出來，就過來找妳了。」

柯采依赧顏道：「不好意思，我跟陳公子說著話，一時忘記你們還在等我了。」

周大青以前沒有見過陳晏之，此刻見到這麼一位錦衣華服的公子哥兒站在柯采依身邊，眼神裡帶著防備的味道。周巧丫的視線卻在他和柯采依之間轉來轉去，像發現了什麼，笑得像隻偷腥的貓。

「陳大哥，好久不見。」李仁其實一開始完全沒有想到會在這裡再次遇見陳晏之，當看到他和知縣大人一同入場時，著實嚇了一跳。不過後來想到了他的身分，倒也覺得合情合理。

楊琥湊到李仁旁邊耳語道：「他就是上回你救下的那位小公子的哥哥嗎？」

李仁微微點了點頭，並介紹道：「陳大哥，他是我的同窗好友楊琥。」

楊琥立刻肅然起敬起來，收起嬉皮笑臉，一本正經的向陳晏之拱手問好。

陳晏之笑著頷首，這兩個書生清新俊逸，倒是可以結交一番。

「可惜今兒天色已晚，我和李仁都得趕回書院去，要不然該給柯姑娘辦個慶功宴才是。」楊琥一提起這些吃吃喝喝的事比誰都來勁。

柯采依笑咪咪道：「這有何難，今兒不成就改成明天。比賽這幾天你們為了支持我也站累了吧，我本來就打算無論贏不贏得了，都要請你們吃一頓的。」

陳晏之問道：「不知道我能不能有幸加入呢？」

「當然，榮幸之至。」

和眾人道別後，柯采依坐在回家的驢車上，懷裡一左一右的摟著弟弟妹妹，周大青在前面駕車，車子走得很穩。對面的周巧丫依然沈浸在贏了比賽的興奮中，嘰嘰喳喳個不停。

可柯采依的心思仍停留在剛剛李仁和她說的話裡。

從李仁的口中得知，原來陳晏之的祖父就是威名顯赫的建威大將軍陳堯，平定戰亂，戎馬一生，戰功彪炳。然而五年前建威將軍突然辭官，回鄉養老，雖然他提出的理由是年紀大了，想落葉歸根，但是連外面普通的老百姓都知道歷來皇家是「兔死狗烹，鳥盡弓藏」，皇帝已經對這位深得人心的大將軍起了忌憚之心。

大將軍主動請辭，皇帝嘴上挽留了幾句，也就順水推舟准了他的請求。不過皇帝還算仁義，賜給了他定遠公的封號，並且賜良田產業無數，好讓他安心頤養天年。

定遠公一家人雖然五年前就搬回了木塘縣，但是他為人一向清廉低調，搬到此處後更是定下家規，不准家裡任何一個人在外打著定遠公的名號招搖，故而木塘縣的老百姓雖聽說有位從京城回來的大人物，但大多也是只聞其名不識其人。

李仁也是從他書院的一位夫子那裡聽來這些事情，那位夫子曾經給定遠公的小孫子當過西席。定遠公只有一個兒子陳非，也就是陳晏之的父親，聽說他喜遊山玩水，當陳晏之成年後，他就把家裡的產業都交給長子，自己當起了甩手掌櫃，帶著夫人在外遊歷名山大川。

上回李仁意外從拍花子手裡救下陳峋之後，就是陳晏之帶著弟弟上門向他道謝，並未見陳非夫婦出面。陳晏之僅僅二十出頭，儼然已成陳家的當家。

柯采依早猜到陳晏之身分非富即貴，只是沒想到竟是大將軍的孫子。老將軍自己已經功成名就，選擇告老歸鄉也就罷了，可木塘縣畢竟只是個小地方，他難道甘願自己的孫子埋沒於此？

「采依，明兒一早我就去幫妳，妳買了這麼多菜，一個人肯定忙不過來的。」

周巧丫的聲音將柯采依神遊的思緒拉了回來，她閉上眼睛甩了甩腦袋，罷了，不要再想陳晏之的事情了。像他們這種名門貴族，就算遠離京城，其背後盤根錯節的勢力也不是外人可以知曉的。

「正好讓巧丫把我昨兒打到的野雞給妳捎過去。」周大青頭也不轉的說道。

柯采依張嘴道：「那怎麼好意思，我買的菜足夠了，大冷天好不容易獵到野雞，你還是留著給你爹補補身體吧。」

周巧丫握住柯采依的手晃了晃，說道：「采依妳就收下吧，妳好不容易贏了品味會的頭名，我們兄妹怎麼也得表示一下吧。送其他的想必妳也不會要，就送點野味，妳就別磨磨唧唧了。」

柯采依心裡一暖，笑著說：「好吧，那說好了你們明天一定都要來，把妳爹也叫來吧，人多熱鬧一些。」

周巧丫連忙拒絕。「算了吧，我爹雖然現在不像以前那麼愛喝酒，但喝起來還是容易耍酒瘋，萬一搞砸了妳的宴席，我們會過意不去的。」

周大青附和道：「巧丫說得是，再說我爹素來不愛和小輩打交道。」

見這兄妹倆態度堅決，柯采依也就不強求了。

柯采依一回到家，就將紅木匣子裡的五錠雪花銀齊齊的擺在桌子上，再從床底下將之前攢下來的銀錢都拿出來。

兩個娃娃乖乖的趴在桌子邊，眼神亮晶晶的看著姊姊將銀錢堆在一起。

柯采依低頭向他們晃了晃沈甸甸的錢袋，高興的說道：「咱們有錢了。」

柯均書和柯采蓮還不懂有錢真正的意義，卻也知道有錢了就再也不用像以前那樣挨餓，有肉吃、有衣穿、有書讀。故而聽到姊姊這麼說，也都咧嘴樂了起來。

柯采依仔仔細細的算了一下這幾個月來所有的收入，再加上今日所得的五十兩銀子，抬頭看了看這間自己穿越過來就成為她的家的茅屋，心裡原本就有的那個計劃又開始冒出來。

她現在開著露天的酸辣粉食檔，風吹日曬的，不論天寒地凍，每日要在縣城和綿山村之間來回奔波，本就不是長遠之計。更重要的是，柯均書在呂太爺那裡開蒙過後，就得到縣城尋個正經書院讀書，那麼勢必要搬到縣城去才方便。

這件事宜早不宜遲，宜快不宜慢，她必須早些打算。

只是如果確定要離開綿山村，那麼有些事情就得儘快解決了。

第十七章

翌日，太陽的光芒漸漸灑滿了整個綿山村。

柯采依早已在灶上忙碌著，她將昨兒買的豬肉片出一塊，切成肉丁，下熱鍋翻炒，撒入薑末、花椒和老陳醋後，香味漸漸瀰漫在空氣裡。

這時周巧丫清脆的聲音從外面傳了進來。「采依快來幫忙，我拿不動了。」

柯采依手裡抓著鍋鏟跑了出去，就見周巧丫正站在院子門口，她左手一隻野雞，右手一隻野兔。那隻野雞還不停的撲棱著翅膀，生命力著實頑強。

柯采依忙上前將野兔接了過來，疑惑道：「昨天周大哥不是說就一隻野雞嗎，咋還有野兔？現在這個天氣還能獵到兔子？」

「我哥運氣好，昨兒回去發現陷阱裡逮到兔子，可能是冬天實在沒得吃了，跑到山外邊來了。妳知道的，我和我哥都不大會做兔子，放我們手裡是糟蹋了，就一併給妳拿過來了。」

柯采依掂了掂手裡沈甸甸的兔子，笑道：「行吧，今兒再加一道菜。」

「好耶，我好久都沒吃到妳做的冷吃兔了。」

冬日裡，雖然已經出了太陽，但是早晨的空氣依然瀰漫著涼意。周巧丫赤手拎著兩隻野物過來，此刻被凍得通紅，她捂在嘴邊呵氣取暖。

柯采依見狀推著周巧丫往堂屋走去。「現在一天冷過一天，妳這麼早趕過來肯定凍得夠嗆，先去裡面坐著，我正在做臊子麵，待會兒吃上一碗，保管妳暖和起來。」

「臊子麵？又是新鮮吃食。」周巧丫嚥了嚥口水，其實她早上是喝了糙米粥過來的，不過一聽這個從未吃過的臊子麵，頓時又覺得口水氾濫，肚子空空了。

她不好意思的撓了撓太陽穴。「要不要我幫忙？」

「不用不用，這個簡單得很，妳去待著吧，或者幫我把那兩個小懶鬼叫起來，馬上就可以吃了。」

「好嘞。」喊人起床這差事好辦，周巧丫轉頭樂顛顛的朝裡屋走去。

鍋裡的肉臊已經燉得差不多了，顏色鮮紅光亮，濃郁的肉香混在輕煙中。柯采依往鍋裡倒入清水，待水沸騰後，將早就處理好的木耳、煎豆腐片、雞蛋皮和黃花菜下入鍋中。

手擀麵燙熟後，裝入碗裡，澆上一勺味鮮可口的臊子湯就成了。湯汁呈亮紅色，黑色的木耳、金黃色的豆腐和雞蛋皮、淡黃色的黃花菜配上雪白的麵條和一大勺肉丁，五顏六色的搭在一起，十分好看。

麵條是柯采依自己擀的，勁道爽滑，臊子湯酸辣鮮美，喝上一口，濃郁的湯汁順著喉嚨滑入腹中，整個人渾身上下都升起一股暖意。

周巧丫捧著湯碗大口大口吃得停不下來，額頭已經微微冒汗。兩個小傢伙瞪著圓圓的眼睛瞧著周姊姊吃得飛快，不自覺自己也加快了速度，好似生怕她不夠吃要搶他們碗裡的，看得柯采依直發笑。

周巧丫嚥下最後一口湯，放下碗筷，滿足的喟嘆一聲。「一大清早的，我好像吃得有點多了。」

以前在家裡早上哪裡有什麼講究，大都是一碗挑不出幾粒米的稀粥對付過去。自從跟著柯采依做買賣後，家裡的日子才好過一點，現在早上也能吃得上個窩窩頭或者大餅了。不過和柯采依這又是肉又是蛋是比不了的，主要也是因為她沒有那廚藝，想不到這許多吃食點子。

瞧著周巧丫的空碗，柯采依輕笑道：「一日之計在於晨，沒聽過那句俗語嗎？早上就要吃得像個皇帝，才有精力對付一整天的勞作啊。」

有這句俗語嗎？采依說有就有吧，現在她說什麼，周巧丫就信什麼了。

吃過早飯，稍稍歇了會兒，柯采依又馬不停蹄的為接下來的宴席做準備。說好了要請客，她這個東道主可不能馬虎。

周巧丫跟著柯采依走進廚房，嘴裡嘟囔著：「妳說那陳公子真的會來嗎？他不是說笑吧。」

「會來。」

「妳這麼確定？」

「他有必要誆我們嗎？」柯采依相信陳晏之不是那種信口開河、言而無信的人。

「妳不是說他是泉喜樓的老闆嗎？這種大人物應該就坐在大酒樓裡等著大廚給他端上山珍海味，怎麼會稀罕到我們這鄉下地方來吃飯呢？」

柯采依嗤笑一聲。「有錢人的快樂妳無法想像，有錢人的想法妳更加無法捉摸啊。」

周巧丫笑嘻嘻接著說：「也許是陳公子吃膩了山珍海味，啊不對，妳都贏了他家的廚子，指不定他是不服氣，想來偷師學藝的。」

柯采依推了下她的腦袋，咧嘴道：「妳啊別胡說八道了，趕緊過來幫忙。」

周巧丫也自覺越扯越離譜，不好意思的吐了吐舌頭，捋起袖子道：「我要幹什麼？」

柯采依想了想，指揮周巧丫先去殺雞，自己則取出泡了一個多時辰的羊脊骨。羊肉溫性滋補，是最適合冬天吃的肉食，羊脊骨上的肉尤為鮮美，和清脆生津的白蘿蔔一起燉，味道足以鮮掉人的舌頭。

今兒個來的人比較多，柯采依剛剛得了品味會的賞銀，大手筆的買了一整扇的羊脊骨。

羊脊骨按照骨節剁成塊，用蔥薑和料酒加水焯一下，去血沫和腥膻味。再下油燒熱，煎出油脂，隨著油鍋裡嗞啦聲響起，羊肉特有的香味隨著煙霧慢慢飄散在整個廚房裡。

接著把花椒、肉蔻、小茴香、香葉、丁香用白紗布包起來，做成滷包，連同蔥薑蒜一起放入鍋中，小火開始慢慢燜煮。

日頭漸漸升高，些許陽光透過窗戶灑進來，凍得緊繃的身體也隨之舒展開來。

柯采依和周巧丫兩個人手腳俐落的將所有食材差不多都收拾妥當，只待下鍋。而那一大鍋羊脊骨隨著烹煮的時間越久味道也越來越濃，香味流連在鼻間，逐漸飄出廚房。

周巧丫皺著鼻子使勁嗅了嗅，一臉陶醉道：「只是聞到這香味，我肚子裡的饞蟲就開始鬧騰了。」

「再鬧騰也得忍著，心急吃不了熱豆腐。」柯采依笑著打趣，用一枝筷子戳了戳羊脊骨，接著放入切好的蘿蔔塊繼續燜煮。

周巧丫無奈的在鼻子前不停搧風，暗示自己聞不到聞不到，也就不那麼難受了。

就在此時，牛大娘小跑著進了院子，扶著腰氣喘吁吁道：「采依丫頭，妳、妳趕緊去看看，書哥兒好像有麻煩了。」

「什麼！」

柯采依心跳快了一拍，扔掉手中還沒有摘完的菜，快步衝到牛大娘身邊。

柯均書吃過早飯就自己去呂夫子那兒照常上課去了，都是一個村子的，路也不遠，能有什麼麻煩？

牛大娘拍了拍胸脯，緩了緩呼吸道：「還不是那王富貴的娘啊。」

「什麼王富貴？牛大娘妳把話說清楚。」牛大娘說得顛三倒四，柯采依一頭霧水，急得要死。「到底怎麼回事，我弟弟不是在呂太爺那裡上課嗎？」

「大娘到底咋回事？」周巧丫也急著催促。

「具體怎麼發生的我也不清楚，我只知道富貴他娘不知咋的，嚷嚷著說書哥兒偷了她的東西，我勸了兩句說肯定是誤會。可是她完全不聽我的，還鬧著要拉書哥兒去討公道，正帶著人往妳家這裡來呢，我就先跑回來告訴妳一聲。」

王富貴的娘！就是那個胡氏。又是王家人，書哥兒怎麼惹上了她？

柯采依來不及多想，轉頭朝周巧丫拋了一句話。「巧丫，妳幫我在家裡看著采蓮，她膽子小別嚇到了。」

她說完撒腿就往外跑，牛大娘一瞧趕緊又跟了上去，這丫頭到底年紀小，護弟心切，別吃了胡氏的虧才好。只是看著瘦瘦弱弱的柯采依跑得也太快了，一眨眼的功夫就不見了人影，牛大娘一把老骨頭實在跟不上。

柯均書雖然年紀小，卻懂事得令人心疼，平常她忙著做菜的時候，都是他在照顧采蓮，可明明他才是最小的，柯采依一萬個不相信柯均書會偷東西。

柯采依腳步飛快，跑了沒一會兒就迎面撞上了胡氏一行人。

胡氏左胳膊上挎著個小籃子，手裡拉著王富貴，右手則拽著柯均書的胳膊，嘴裡罵罵咧咧，後面還跟著幾個似乎看熱鬧的婦人。胡氏長得壯實，步子邁得很大，柯均書小小的個子被她拉扯得踉踉蹌蹌，幾乎是被拖著走的。

柯采依眯著眼睛，臉色鐵青憋著一股氣。胡氏這時也終於看見了她，停下了腳步。

柯采依也不和胡氏廢話，三兩步上前一把將柯均書拉了過來。

胡氏沒想到她手腳這麼快，等反應過來時柯均書已經回到了柯采依懷裡。

柯均書的衣服已經被拉扯得凌亂，小臉漲得通紅，猝不及防見姊姊蹲在自己面前，剛剛一直抿得緊緊的嘴巴抖了兩下，終於帶著哭音叫了聲：「姊姊。」

他的手腕被勒得通紅，雙眼含著淚珠，就是倔強得不掉下來。柯采依的心疼得揪起來，摸著柯均書的臉，柔聲道：「沒事啊，姊姊來了。」

胡氏重重咳了一聲，趾高氣揚道：「來得正好，我正要去找妳呢。妳這個做大姊的是怎麼教養弟弟的，小小年紀就學會了偷東西，長大還了得。」

柯采依站起身來，冷冷瞥了她一眼。「妳說我弟弟偷了妳的東西？什麼東西？」

「一個銀鐲子。」

胡氏自從得知柯采依把弟弟送到呂老頭那裡讀書開蒙後，也動起了這個心思。柯家那副窮得底朝天的模樣都能送柯均書讀書認字，她家難道還會比柯家差嗎？大兒子遊手好閒慣了，是指望不上的，小兒子王富貴可是他們夫妻的心頭肉，自然也想為他謀個好前程，於是一琢磨也就打算找呂老頭開蒙。

今兒胡氏早早就提著準備好的見面禮上了呂老頭家，見面禮是一籃子雞蛋和肉乾，這在鄉下地方來說已經算是厚禮了。而且胡氏預備著如果呂老頭同意收下王富貴，就讓他當場拜師，所以又準備了一個銀鐲子，用布包著，壓在肉乾下面，準備拜師的時候再送上，就當作學費。

沒成想她帶著王富貴到了呂家的時候，只看見柯均書坐在堂屋裡搖頭晃腦的念書，問了他一句才知道呂老頭有事出去了。於是胡氏就把裝了見面禮的籃子放在桌子上，交代王富貴看著，自己跑到裡屋去找呂婆子。

胡氏和呂婆子在裡屋聊了一會兒，再出來時，兒子沒有好好待在堂屋，跑到外面去玩了。胡氏喊了好幾聲，他才依依不捨的跑進來。

胡氏原本想著把見面禮先給呂婆子過目，只要她看到這麼豐厚的禮物，這事就十拿九穩了。她拿起籃子習慣性翻了翻，卻發現原本壓在肉乾下，包著銀鐲子的小布包不見了。

當時在場的只有柯均書一個人，胡氏便一口咬定就是他偷了自己的銀鐲子。

柯采依聽完始末，朝天翻了一個大大的白眼，嗤笑道：「妳憑什麼認定是我弟弟偷了妳的銀鐲子？有人看見嗎？」

胡氏扠著腰道：「不是他還能有誰，當時就他一個人在。」

柯均書輕輕扯了扯柯采依的袖子，癟著嘴說道：「姊姊我沒有偷，我真的沒有。」

「乖，姊姊相信你沒有。」柯采依將書哥兒的手包在手心裡，小人兒被胡氏這麼一嚇，小手冰涼冰涼的。

柯采依根本不相信柯均書會偷東西，在她的記憶裡，哪怕她穿過來之前三姊弟窮得揭不開鍋，他們都沒想過去偷一粒米，更何況現在她已經能賺錢了。

胡氏聲音尖銳，抬高了音調說話更是刺耳。「妳是姊姊自然袒護弟弟，但我告訴妳，這事兒沒完，必須給我把銀鐲子交出來。」

柯采依一聽這話，皺了皺眉頭。「妳搜過他的身？」

胡氏揚起下巴道：「搜了，又怎麼樣？」

柯均書被一個如此強勢的惡婆娘誣賴還搜身，當時得多害怕啊。想到這裡，柯采依攥起拳頭，冷眼瞪著胡氏，沈著聲音道：「妳既沒有人證，也沒有物證，一句話就想誣賴我弟弟偷了妳的東西，真是可笑。妳問問其他鄉親，天底下有沒有這樣的事？」

「是啊是啊，書哥兒平常那麼乖巧，不像是會偷東西的。」旁邊看熱鬧的婦人嘰嘰喳喳附和道。

胡氏被柯采依的眼神看得心裡突然有點發怵，一個小丫頭片子怎麼會有這麼銳利的眼神？她嚥了下口水，故作鎮定道：「肯定是他把鐲子藏起來了，老實講大家都是鄉里鄉親，只要他把鐲子還回來，再乖乖認個錯，這事就算了，我也不想為難一個小娃娃。」

「等一下。」柯采依掃了一眼躲在胡氏身後的王富貴，冷笑道：「妳自己也說了把籃子放在桌子上，讓妳兒子看著，那照這樣說，我還懷疑是妳兒子偷了呢，這叫做監守自盜。」

突然被點名的王富貴瑟縮了一下，上次被柯采依捏住手腕的痛楚他還沒有忘記，此時看見她依然有點害怕。

「妳說什麼！」胡氏瞪大眼睛，咬牙切齒道：「我兒子怎麼可能偷自己家的東西，好啊，妳也想昧下我的銀鐲子，所以就往我兒子身上潑髒水。」

胡氏看了看四周，尖著聲音嚷嚷道：「大夥兒來看看，這就是有娘生沒娘養，上梁不正下梁歪。」

柯采依手指猛的攥緊，一字一句道：「妳再說一遍？」

「胡娘子，妳怎麼能說這種話？」牛大娘終於跟了過來，一來就聽見胡氏刺耳的言語，她好歹和柯采依的娘有點交情，便忍不住為她幫腔。

胡氏語氣不善道：「我說錯了嗎？柯老大夫妻死得早，就剩這丫頭帶著兩個娃兒，毛都沒長齊的小丫頭片子能教出啥樣來。這窮酸樣才會覬覦別人的東西。沒家教的人都是這樣沒臉沒皮的。」

柯采依突然怒極反笑，說道：「家教？說到家教的問題，我正好來和妳好好說道說道。妳有什麼資格對別人的家教說三道四，也不看看自己的兩個兒子養成什麼樣，一個地痞流氓，到處調戲良家婦女，一個成日在村子裡惹是生非，十里八鄉誰不知道？」

牛大娘一聽急了，忙朝柯采依使眼色，要她快別說了，這不是火上澆油嗎？

胡氏瞪著雙眼，咬牙切齒道：「小賤蹄子，妳說誰是地痞流氓？」

柯采依歪了歪腦袋，一副無辜的樣子。「誰調戲良家婦女誰就是地痞流氓。」

胡氏氣得臉色通紅，恨恨道：「賤蹄子，敢編派造謠，妳老娘我今天一定撕碎妳這張嘴。」

柯采依絲毫不怕，還上前一步說道：「是不是編派造謠妳自己心裡沒點數嗎？妳問問這周圍其他人，誰不知道王大疤好色無賴。把兒子教成這樣，要是我就天天躲家裡，不要出來丟人現眼，因為沒臉見人。」

柯采依原本打算將王大疤曾調戲她的那件事爛在肚子裡，見到胡氏也一直壓抑著火氣，想和她就事論事，好好講道理。可對方口出穢語，竟然侮辱原身死去的父母，感同身受之下，她無論如何都無法忍受。

王大疤做過的那些骯髒事還歷歷在目，現在就索性一股腦兒倒出來，和胡氏掰扯掰扯清楚。

胡氏氣呼呼的看著周圍，旁邊一群人都在暗自憋笑。

柯家這大丫頭以前一向老實不善言語，沒承想如今變得如此能言善道，倒是把他們平日不好說的話直接嚷出來了，真是過癮！

王家早就惡名在外，就胡氏還以為自己家有兩個臭錢，到處找人給她兒子說媒，本村的媒人誰不是躲得遠遠的，介紹了這樣的人家，還不被人在背後戳脊梁骨戳死。

柯采依和胡氏妳一言我一語的鬥個不停，閒著無事來湊熱鬧的村民越來越多。

趙三娘和柯如蘭母女不知何時擠到了最前面。眼見胡氏被柯采依噎得說不出話來，趙三娘故作和事佬的姿態，出聲道：「采依少說兩句，都是鄉里鄉親，抬頭不見低頭見的，撕破臉不好看。妳和書哥兒好好說說，也許這是誤會，是他不小心從哪裡撿到了。趕緊讓他把東西還回去，我想胡大娘一定不會跟妳計較的。」

柯采依冷冷的瞥了趙三娘一眼，她倒是慣會裝模作樣，看著在勸架，實際上話裡話外都是默認就是柯均書偷了鐲子。

柯采依沒好氣道：「沒有什麼誤會，因為根本與我弟弟無關。胡大娘有這個功夫在這裡和我胡攪蠻纏，不如沿著路回去找找，沒準兒有收穫。」

趙三娘不依不饒的說：「有時候小孩子的話不能盡信，他們做了錯事可能不敢和大人承認。書哥兒年紀還小，妳不能一味袒護他啊。」

柯采依蹙眉道：「書哥兒什麼樣我這個做姊姊的心裡最清楚，不需要外人說三道四。」

胡氏嗆聲道：「瞧瞧，自己親嬸嬸都能說成是外人，簡直是目無尊長。」

趙三娘一臉委屈的樣子。「唉，我這個姪女素來和我不親近，我做三嬸的想盡點心都沒人領情，早就習慣了。」

胡氏一徑接著道：「我看這柯家姊弟都需要拉到宗祠去，請各位族老代替她父母好好教訓教訓。」

牛大娘聽得眉頭緊皺，道：「只是件小事，哪裡就嚴重成這個樣子？」除非是商議村中大事，或者實在發生傷風敗俗之事，其他的根本無須驚動宗祠和各位族老。這胡氏也是糊塗了，越說越沒譜。

柯采依朝牛大娘搖搖頭，示意她不用為自己出頭，接著提高嗓音，對著趙三娘的方向說道：「三嬸無須在這裡裝一家親，我和妳也有一些爛帳沒算，所以勸妳別說話，萬一我等會兒不小心把妳那些醜事也抖出來，別怪我不講情面。」

趙三娘心虛道：「妳少胡說八道，我有什麼醜事？」

柯采依瞇了下眼睛，淡定道：「妳確定？」

趙三娘眼神閃躲，一時之間不敢回話。

胡氏被柯采依繞得差點忘掉自己是來要銀鐲子的。「我懶得和妳辯，今天必須把我的銀鐲子交出來，不然咱們就去找村長，我倒要看看誰有理。」

「去就去，現在就走。」柯采依不在意的道。

「不用去了，我來了。」一道渾厚的男聲從胡氏身後傳了過來，只見村長背著手從人群外緩緩走了過來，呂老頭夫婦則緊緊跟在身後。

呂老頭一大清早就去了村長家，所以沒碰上來找他的胡氏。

胡氏嚷嚷柯均書偷了她的銀鐲子，呂婆子怎麼為書哥兒說話都沒用，一下子沒了主意，便急急忙忙的去村長家喊老頭子回來。呂老頭一聽就急了，他相信自己的學生絕不會幹偷雞摸狗之事，村長在一旁聽聞此事，想到前些日子柯采依特意上門送給他的紅薯粉，便也跟著來看看。

等他們三人趕到的時候，就見一群人圍在一起，剛走近就聽到胡氏嚷嚷著要找村長。

這不正湊巧，他就現身了。

胡氏像是找到了靠山，急忙道：「村長您來主持公道，我的銀鐲子放在籃子裡，就在柯均書眼前擱了一小會兒就不見了，不是他偷的還能有鬼啊。」

村長摸了摸鬍子，沈聲道：「這種事講究的是捉賊拿贓，我都聽說了，妳並沒有在他身上找到鐲子，那這事妳說了不算。」

呂老頭緊跟著厲聲道：「書哥兒生性純良，我以人格擔保，他絕不會做偷雞摸狗之事。」

呂老頭在村子裡頗受尊重，畢竟是為數不多的童生，讀書人在這個時代一向是高人一等的。

胡氏立即冷笑一聲。「敢情你們都是一夥的，柯采依妳有本事，會收買人心了。」

村長皺眉斥道：「胡氏，注意妳的言辭。」

正在此時，一輛華麗的馬車突然噠噠的駛了過來，圍觀的村民心裡更澎湃了，這場戲似乎更加熱鬧了。

柯采依盯著那輛很眼熟的馬車和駕駛位上的阿福，瞪大了雙眼，心裡升起一個念頭：不會是他來了吧？

馬車穩穩停下，掀開簾子的果然是陳晏之，跟著下來的還有李仁。

陳晏之走到柯采依身邊時，她還有點緩不過來，愣愣的問：「陳公子，你怎麼來了？」

「我來赴宴啊。」陳晏之眼睛掃了遍周圍，盯著柯采依笑著說，好像沒有感覺現場緊繃的氣氛。「剛才到妳家妳不在，便過來看看。」

李仁一下來就連忙向村長和呂老頭作揖行禮，村長拉著李仁的手，小聲問道：「那是誰？」好大的排場，一瞧就不是小人物。

李仁壓低聲音，對著村長耳語了一番。村長聽完瞪大了雙眼，好傢伙，這來頭也忒大了。他暗暗咳了一聲，走向陳晏之，拱手道：「陳公子大駕光臨，真是蓬蓽生輝。」

陳晏之點頭回禮，微笑道：「村長，我聽說柯姑娘的弟弟有點麻煩，所以過來看看，不知道現在解決得如何？」

村長打哈哈道：「小事一樁，就是個誤會，誤會。」柯家居然和這樣的人物搭上了關係，這下可不得了。

胡氏瞧著柯采依身邊的人越來越多，尤其是這個剛來的男人似乎來頭不小，心裡有點發虛，頓時不敢說話了。

趙三娘一眼就認出來他就是品味會上和柯采依說話的男人，沒想到居然還到村子裡來找她。趙三娘臉色鐵青，心裡暗自猜測他倆到底什麼關係。柯如蘭則在看見李仁的那刻，臉立馬耷拉下來，眼神恨恨的盯著柯采依。

「既然是誤會，那還都圍在這裡做什麼，不知道的還以為是聚眾欺負孤兒呢。」陳晏之提高了聲音。

胡氏強壓著不安，還是忍不住回話。「沒有解決誰都不許走，我的銀鐲子就是不見了。」

陳晏之扯了扯嘴角，說道：「這位夫人既然認定是柯均書偷了東西，卻又拿不出證據，不如這樣吧。我們就去告官好了，讓知縣大人派人來好好查一查，就算把綿山村掘地三尺也要把鐲子找到。」

他皮笑肉不笑的接著說道：「只是這位夫人知不知道有個罪名叫做『誣告反坐罪』，凡誣告人笞罪者，加所誣罪二等。也就是說，如果最後查出來妳誣告的話，那麼妳就要按照誣告他人的罪受到懲罰，並且在原罪罰上加重。」

胡氏一個村婦，哪裡知道什麼「誣告反坐罪」，聽陳晏之這番話頓時嚇得哆嗦了一下。

陳晏之對她的害怕視而不見，微微一笑道：「我看現在時辰還早，剛好我這兒有馬車，去縣衙快得很。知縣大人斷案爽快，沒準兒夫人還能趕得回來吃晚飯。」

胡氏縮了縮脖子，突然也有點不確定起來。主要是那個什麼反坐罪的後果，她承擔不起。

幹得漂亮！柯采依心裡暗暗給陳晏之鼓掌，不愧是世家公子，連律法都搬出來了，聽得她都一愣一愣的。

胡氏正在猶豫不決時，她的丈夫王成從人群中擠了過來，一把拽過她的手，對她擠了擠眼，壓低喉嚨道：「趕緊回去，別在這裡丟人現眼了。」

胡氏忽見自家男人出現，本以為是來給她撐腰的，卻沒想到是喊她回去，便不滿道：「可是我的銀鐲子怎麼辦，那可是我從嫁妝裡拿出來的。」

王成眉頭緊皺，氣急敗壞道：「妳個敗家娘兒們，那銀鐲子就壓在被子裡，妳根本是忘了拿。」

「什麼？」胡氏瞪大雙眼，嘀嘀咕咕道：「不可能啊，我出門的時候明明記得拿出來了啊。」

「這就要問妳自己了，成天出門不帶腦子。」王成被自己的蠢婆娘氣得不輕，輕聲說：「別在這裡鬧了，趕緊走，不然我老王家的臉面都被妳丟光了。」

柯采依冷眼看著王成夫妻在那兒竊竊私語，沒好氣道：「還告不告了，我這兒可正等著您呢，隨時可以走。」

胡氏這下哪裡還敢去告官，低著頭囁嚅了兩聲。

王成讓她不要再說話，自己賠了個笑臉道：「柯丫頭啊，都是誤會，誤會一場。」

柯采依冷哼一聲。「確定是誤會嗎？胡大娘剛剛可是信誓旦旦，到處嚷著我弟弟是小偷呀。怎麼，這一會兒功夫就變了？鐲子找著了？」

「唉，我這婆娘上了年紀，容易忘事，搞錯了，那鐲子……鐲子其實是落在家裡忘了拿。」王成常年在外跑，慣會察言觀色。柯采依不足為懼，可是她身邊那位衣著華麗的男子必定來頭不小，不是他這種人得罪得起的。

王成繼續訕笑道：「對不住各位，我在這裡賠禮道歉了。」

村長一甩袖子，蹙眉道：「下不為例，這種事情沒有證據不可瞎傳，壞了別人的名聲，負得起責任嗎？」

王成忙點頭道：「村長教訓得是，我回去一定好好說說她。」

村長點了點頭，便朝圍觀村民揮揮手道：「都散了散了，杵這兒幹麼，回家該幹麼幹麼去。」

王成見事情似乎已經解決，便扯著胡氏的胳膊轉頭想走。

柯采依忽然揚聲道：「慢著。」

她把柯均書推到身前，摸著他的腦袋，對胡氏正色道：「我要妳向我弟弟正式道歉。」

旁邊的村民不知道誰附和了一句：「對呀，必須道歉。」

有人喊出聲後，其他人頓時七嘴八舌的叫嚷起來。

「書哥兒多乖的娃娃，好端端的被誣陷成小偷，不道個歉就想走啊，沒那麼容易。」

「道歉還是輕的，換了我得氣得打人。」

「安靜，別吵別吵了。」村長高喊一聲，現場霎時安靜下來。

王成看著柯采依堅定的眼神，知道胡氏不低個頭這事是過不去了，伸手在背後推了推胡氏。

胡氏面色陰沈，怎麼也沒想到本來自己佔理的事情徹底轉了個彎。可是一群人都盯著她，眼神如芒在背，她不得不張了張嘴。「今兒確實是我糊塗了，誤會了書哥兒，在這裡賠個不是。」

有村民躲在人群中，看熱鬧不嫌事大的喊：「大聲點！沒吃飽還是咋的，聽不見。」

胡氏頓了頓，不情不願的又高聲說了一遍。

說罷立刻和王成帶著兒子腳步匆匆的離開了，落荒而逃的樣子，好像後面有妖魔鬼怪在追。

如今正是農閒時分，許多村民本來也無事，看了場津津有味的好戲，散場時三三兩兩湊在一起還在議論，看來此後很長一段時間都要成為大家茶餘飯後的談資了。

趙三娘被柯采依懟了一句後就再沒有出聲，此時混在散場的人群中，狠狠的擰了一把柯如蘭的胳膊。

正不停回頭張望的柯如蘭吃痛尖叫了一聲。「娘妳幹什麼？」

趙三娘面色不善道：「妳就算把眼睛黏在李仁身上，他也不會多看妳一眼的，趕緊給我滾回去。」

柯如蘭不解氣的恨恨道：「那死丫頭運氣怎麼那麼好，李仁待她不同，如今又結識了不知哪裡來的貴公子，我就是不服。」

趙三娘橫眉豎目，聲音冷冰冰道：「小賤蹄子得意一時，得意不了一世。」

柯如蘭眼神一亮，追問道：「娘妳是不是有什麼主意？」

趙三娘沒有搭理她，腳步不停，柯如蘭忙追了上去。

事情總算落幕，柯采依長吁一口氣，雖然自己的態度一直很強硬，但其實如果胡氏胡攪蠻纏到底，還真是個麻煩。她笑咪咪對村長道：「村長，這次多謝您替我弟弟說話，不然我還真不知道如何收場。」

村長的身分擺在那裡，一站出來說話，誰都給個面子。

村長笑著摸了摸鬍鬚道：「我這也不是幫妳，誰有理我就幫誰。」

他越看柯采依這丫頭越歡喜，能幹勤快廚藝又好。上回給他送了半筐子紅薯粉，味道好極了，每次他饞了就讓兒媳婦給他下點。

村長又道：「再說也不能光謝我，陳公子才真是幫了不少忙呢。」

陳晏之擺擺手道：「不必，動了兩下嘴皮子算不得什麼。」

柯采依咬唇笑道：「那等會兒你可要多吃點。」陳晏之笑著頷首。

村長又道：「妳在品味會上得了頭名的事我已經聽說了，好啊，咱們綿山村也跟著沾光不少。」

柯采依抿嘴笑了笑。「今天我就是因為這事打算宴請陳公子和幾位朋友，不如村長和太爺太婆一起來吧，也來嘗嘗我的手藝，算是我的謝禮，怎麼樣？」

能吃到柯采依做的菜村長自然求之不得，上回在張廣家上梁宴吃過一次，至今念念不忘。可是他看了眼陳晏之，和將軍的孫子同桌吃飯，心裡有點發怵，猶豫道：「方便嗎？咱們這老頭老太太的，別掃了你們年輕人的興致。」

「有什麼不方便的，人多也熱鬧一些，對不對陳公子？」柯采依扭頭對陳晏之嫣然一笑。

陳晏之看著柯采依亮晶晶的眼睛，柔聲道：「妳是主人，妳作主就好。」

村長的視線在柯采依和陳晏之之間來回轉動，驀然笑了出來。

李仁好奇道：「村長爺爺，您為何發笑？」

村長拍了拍他的肩膀，笑而不語。

柯采依再次邀請道：「現在快要到午時了，我那兒的食材都準備得差不多了，現在過去一會兒就能開飯。」

村長頓了頓，便點頭道：「那就恭敬不如從命了。」既能再次品嘗柯采依的廚藝，又能和陳晏之這樣的人物攀上點交情，村長心裡美滋滋。

呂太爺本想推辭，他一向不喜和陌生人同桌而食，可是柯均書拉著他的衣服下襬軟軟說道：「夫子，一同去吧，姊姊做的菜可好吃了。」拒絕的話到了嘴邊又嚥了回去。

最後加上村長、呂太爺夫婦和牛大娘，一行人浩浩蕩蕩的往柯家走去。

柯采依剛走到家門口，一個圓滾滾的軟軟身子砰的一聲撞入她的懷裡，小人兒抬頭朝她咧嘴一笑。「姊姊。」

是陳峒之！說起來她許久沒見到這個小娃娃了，臉蛋似乎又變圓潤了，笑起來像極了年畫上的娃娃。

跑慢了一步的柯采蓮看著陳峒之抱著自己姊姊，嘟著嘴很是不滿，這是我姊姊！

陳晏之上前一步拎著陳峒之的領子往後拉，面無表情道：「再胡鬧下次絕不帶你出來了。」

陳峒之撲騰著小短手，鬧著喊道：「哥哥你不要拉我，我只是想姊姊了。」

陳晏之衝她無奈道：「他向來頑劣慣了，前段時間一直被關禁閉。聽說我要來妳家，哭著鬧著要跟來。」他邊說，邊用帶著警告的眼神瞪了眼弟弟。

柯采依看著這兄弟倆非同一般的互動，失笑道：「快把他放下來，瞧他勒得慌。」

陳峒之一從陳晏之手裡解脫出來，便立刻躲到柯采依身後，探出半個腦袋叫道：「哥哥壞，哼。」

柯采依生怕陳晏之又要教訓弟弟，忙護著他往後退了一步，讓出路來，讓村長和呂太爺太婆先行進屋。

第十八章

站在一旁的周巧丫目瞪口呆的看著一群人進去，怎麼陳公子和李公子去了一趟，回來帶了這麼多人？

「巧丫，趕緊去把妳哥哥叫來，順便能不能從妳家借幾條凳子？我這兒坐不下了。」

周巧丫一聽急急忙忙的往家裡趕去。

小小的茅屋還從沒有來過這麼多人，瞬間擠得有點轉不過身了。陳峋之和柯均書、柯采蓮格外投緣，才見了兩回面，就手把手親親熱熱的玩到一塊兒去了，三個娃娃跑到裡屋去，不知道在嘰嘰咕咕說些什麼。正好柯采依也沒功夫管他們，就隨他們去了。

陳晏之是第二次走進柯采依的家，上回匆匆一瞥，這次仔細打量了一番，雖十分簡陋，不過麻雀雖小，五臟俱全，佈置得整整齊齊，四方桌上還擺著一個褐色的瓷瓶，插著幾根高高低低的竹子，別有幾分野趣。

柯采依瞧陳晏之滿臉好奇的神色，笑了笑，道：「陳公子是不是從來沒有住過茅屋？」

「非也。」陳晏之盯著柯采依言笑晏晏的模樣，柔聲道：「行走外地有時候前不著村後不著店，連破廟都住過，更何況茅屋呢。」

亦步亦趨的跟著陳晏之的阿福緊跟著補充道：「我家公子可不是那種嬌生慣養的膏粱子弟，從小老太爺就對他要求十分嚴格，這點苦怕什麼。」他說話時仰著下巴，口氣裡一副與有榮焉的味道。

老太爺，就是那位名震天下的建威大將軍？怎麼看，陳晏之也不像是一位大殺四方的沙場悍將教養出來的。

柯采依心裡好奇得很，卻也沒有問出來，而是忍不住打趣阿福。「怎麼，你覺得來我家算吃苦嗎？我尋思也沒差到那種地步吧。」

「當然，當然不是這個意思。」阿福瞥了一眼陳晏之的臉色結結巴巴說道，撓撓頭一副不好意思的模樣。他哪裡敢說到柯采依家裡是吃苦，沒瞧見自家主子對她那副上心的模樣。

柯采依噗哧一聲笑了出來，眼睛裡亮閃閃的，笑道：「逗你玩呢，你們能到我這個小茅屋做客，才是蓬蓽生輝呢。」

陳晏之見柯采依絲毫沒有扭捏之色，抿著嘴笑著搖了搖頭。一個姑娘要肩負著撐起整個家和撫養弟弟妹妹的重責，家裡如此困窘，非但沒有自怨自艾，還能把自己現在的困境拿出來開玩笑，如此看得開的人還是生平少見。

「村長、太爺太婆，你們先坐著休息一會兒，喝點桂花茶暖暖身。」

柯采依從櫥櫃裡取出自己自製的桂花茶，麻利的泡了一壺茶。

「我這兒沒有什麼西湖龍井、碧螺春，這是我自己做的桂花茶，大家不嫌棄，可以喝喝看。」後山上有不少野生桂花樹，桂花盛開的時候，柯采依就帶著兩個小娃娃，上山採摘了半大袋子桂花。將新鮮桂花放在通風處晾曬一夜後，取一個瓷罐子，一層桂花一層白糖，如此發酵個兩、三天就可食用了，泡茶也可，做點心亦可，好看又好吃。

淡黃色的桂花花瓣在茶水裡起起伏伏，湯色明亮，淡淡的桂花清香飄在鼻間，入口濃厚甘甜。

「真真是好味道。」呂婆子抿了一口笑著讚嘆道。

她好奇問道：「我都不知道桂花還能用來泡茶，丫頭下次可得教教我這個老婆子。」

柯采依笑咪咪道：「沒問題，太婆，我這兒還有一點，待會兒給您帶些回去。」

「無功不受祿，妳還是莫費心，自己留著吧。」呂老頭冷不防冒出一句，還是一副不苟言笑的老學究模樣。

呂婆子聽了暗地裡掐了一把老頭子的胳膊，想讓他不會說話就少說點話。

村長回味了一遍桂花茶的滋味，喟嘆一聲，朝呂老頭笑道：「先生何必如此嚴肅呢，今兒大家是開開心心來給柯丫頭慶祝的，放開點，不要掃了大家的興致嘛。」

「無妨，我啊早就習慣了。」柯采依絲毫沒有將呂老頭的話放在心上，如果哪天他突然對她特別和顏悅色，她反而要不習慣了。

「李公子，麻煩你幫我招呼一下，因為這兒就數你和大家都熟悉，我得趕緊去做飯。」

李仁微微張了張嘴，驚訝的指著自己道：「我？」

「是啊，就是你。」柯采依湊近他壓低嗓音道：「陳公子畢竟很少來咱們村，你就幫個忙，當作是招待客人嘛。」

陳晏之和村長他們都是第一次見，為了怕冷場，柯采依才特地拜託李仁。她笑著丟下這句話，不等李仁答覆就匆匆走向了廚房，時間緊、任務重啊。

柯采依走得太快，故而沒有注意到陳晏之晦暗的眼神。

「哎，丫頭，我去給妳打下手。」牛大娘屁股都沒坐熱，也忙不迭的跟去了廚房。

柯采依一走，李仁立刻有點坐立難安，其實他和陳晏之也不過見過兩、三次面。正當他絞盡腦汁想找些話題打開局面時，陳晏之先開口了。「李公子和柯姑娘很熟嗎？」

李仁沒想到他會有這麼一問。「那次上門送點心也是第一次認識，後來柯姑娘在縣城開食檔，我去光顧過幾次。」

「這樣啊。」陳晏之臉上沒有什麼表情。

李仁突然覺得有點冷，也沒颳風啊。

「很配很配。」一直在聽他們談話的呂婆子突然拍手道：「我越看仁哥兒和采依越覺得般配，郎才女貌天作之合。」

「仁哥兒，我把采依說給你怎麼樣？」呂婆子越想越覺得可行，李仁也是她看著長大的，品行端正，才華橫溢，采依又賢淑能幹，真是絕配。

李仁頓感身邊氣溫更低了。

他連忙擺擺手說道：「太婆，此話不可亂說，我和柯姑娘就只是朋友而已，從未有過其他想法。」

咦？好像又沒那麼冷了。

呂婆子沒有放棄，繼續說道：「以前沒有想法，現在可以想想嘛，采依又漂亮又能幹，這樣的好姑娘打著燈籠都難找咧。」

李仁一臉為難，平日在家裡娘親催他婚事都被他拿學業擋了回去，怎麼到別人家裡做客還要被念叨。

呂婆子一副不說成功不甘休的模樣，還想勸說，村長急忙咳嗽兩聲。「李仁現在最重要的是讀書考科舉，哪裡有功夫考慮這些。」

其實他是發現陳晏之臉色越來越沈才打斷了呂婆子的話，如果他沒有猜錯的話，柯家丫頭早就被這陳公子惦記上了。

村長為了不讓呂婆子繼續剛才的說親，主動開口問道：「陳公子又是怎麼認識采依丫頭的？」

陳晏之臉色稍緩，簡單的回答了他這個問題。

柯采依在廚房忙得腳不沾地，堂屋發生的這一切她都不知道。

她算了算今天來的人數，琢磨著得再加上幾道菜，幸好廚房裡的食材足夠。牛大娘也不用柯采依交代，熟練的打起下手做起活兒來。

柯采依將周大青打的野山雞快刀剁成塊，沸水下鍋除去血沫、緊實雞肉，下蔥薑蒜炒出香味，再將雞肉下鍋翻炒調味，再加鮮湯和馬鈴薯轉小火燜煮，打算做成地鍋雞。

燜煮雞肉的同時，她快手擀了十來張薄餅，貼在鍋的四周，隨著雞肉燉得熟爛，薄餅也烘烤得焦香酥脆。

「采依，鱸魚處理乾淨了，怎麼燒？」

「給我吧。」

新鮮的鱸魚抹上黃酒和鹽醃漬，去除腥味，接著放入鍋中煎至兩面金黃，加入蔥薑和水，燒沸後小火燉上一刻鐘。鮮嫩的白豆腐切成指寸般大小，倒入魚湯中稍微煮沸，撒點鹽和胡椒粉，一道湯汁奶白，浸滿魚肉鮮香的鱸魚燉豆腐就可起鍋了。

「無須做那麼多菜。」陳晏之的聲音突然在背後響起。

正專心燒菜的柯采依被唬了一跳，拍了拍胸口道：「陳公子你不在屋裡坐著，跑到廚房裡來做什麼？難不成酒樓老闆要來給我指點一下？」

陳晏之誠實道：「我雖開著酒樓，但並不擅長烹飪，所以沒法給妳指點。」

柯采依一邊將茄子切成條，一邊和他說話。看了眼陳晏之，小聲道：「是不是坐那裡很無聊？」

陳晏之捂著嘴低聲說道：「是有點。」

村長知道了他的身分後，話裡話外有點諂媚。而呂夫子雖然不認識他，但是端著個架子，太過一本正經，導致場面一度冷場。

反倒是陳峒之和書哥兒和采蓮玩得不亦樂乎，這小娃娃平素在家裡被管教甚嚴，難得碰上兩個同齡的夥伴，還不會因為他的身分忌憚他，就像鳥兒飛出籠子似的，玩得都不記得還有哥哥的存在了。

「妳和李……」陳晏之想問她和李仁是什麼關係，想了想還是嚥了下去，因為他現在其實沒有身分來問這件事。

「你剛剛說什麼？」柯采依一直不停的燒菜切菜，片刻不得閒，大冬天裡她的額頭都在微微冒汗。

「其實我一直想知道妳的廚藝是和誰學的，看妳的刀工，沒練習個幾年，很難達到這種程度。」

「可能我就天生做廚子的料。」柯采依打了個哈哈，確實需要練習多年，但是她卻不能說，因為不是在這個世界練的。

她切完茄子，抬手想用袖子擦擦汗。

「等一下。」陳晏之見狀從懷裡掏出帕子，替她拭了拭額頭的汗，他做這個動作，似乎自然得不能再自然。

柯采依卻被他的這個舉動驚得呆住了，被帕子擦拭過的地方似乎隱隱發燙。

陳晏之低頭看她，似乎在觀察她的反應，微微一笑道：「妳的臉好紅。」

柯采依忙低下頭，眼神不敢和他對視，支支吾吾道：「呃，可能是、是因為廚房太熱了，我從剛剛一直忙到現在。對，因為廚房太熱了。」

看著柯采依有點無措的模樣，陳晏之沒有再追問，只是剛才的那點鬱悶一下子都煙消雲散了。

柯采依心裡波濤洶湧，他到底是什麼意思？

雖然她心裡隱隱約約感覺陳晏之對她似乎有點不一樣，但是單身多年的她真的不敢確認。

可如果沒有那個意思，現在又是怎麼回事？

坐在灶膛那兒燒火的牛大娘從陳晏之進來就沒有說話，恨不得化身隱形人，生怕打擾了別人談情。

得！看來以後不用惦記給柯采依說親了，這陳公子一看就是個家世好的，不然村長不會對他那麼恭敬，長得又俊俏，說話溫溫柔柔的，她像丈母娘看女婿一樣，越看越滿意。

柯采依穩了穩心神，裝作沒事人一樣說道：「你還是趕緊出去吧，廚房裡一股油煙味，別燻著你了。」

「好。」陳晏之似乎得到了滿意的答案，心滿意足的走開了。

陳晏之一走，牛大娘立刻湊到柯采依的身邊。「采依快如實交代，陳公子是不是對妳有什麼想法？」

柯采依大吃一驚道：「大娘，妳別取笑我了。」

牛大娘輕輕撞了下她的胳膊，笑道：「有啥不好意思的，他今天又為妳出頭，又為妳擦汗的，不是對妳有意，鬼才信咧。」

「他可能是……助人為樂吧。」

柯采依的這句話連自己都說服不了，又怎麼讓牛大娘相信呢？

牛大娘熱切道：「妳聽大娘一句話，陳公子這相貌，十里八鄉我都沒見過，如果他真的有這個想法，妳可要把握住機會啊。」

柯采依實在不想繼續談論這個，轉移話題道：「大娘，妳快去看著火吧，火要熄了。」

真是皇帝不急太監急，牛大娘暗暗想，可惜啊。

柯采依來到這個世界後一直想的就是趕緊掙錢脫離貧困，撫養柯采蓮和柯均書長大，其他的一切都暫時沒有考慮。她也想過，如果要按這裡盲婚啞嫁的模式，那她情願一輩子不成親。

算了，別想那麼遠了，陳晏之又沒有和她表達過什麼，也許只是自己想多了，還是先把這頓宴席做完。

日頭高高掛起，午時已經到了。

兩張桌子併在一起，再加上從周大青家裡端來的凳子，剛好坐滿了所有的人。

柯采依和周巧丫、牛大娘將做好的菜一一擺到桌子上，主菜蘿蔔燉羊脊骨用了兩個大盆裝得滿滿當當的。再加上地鍋雞、毛血旺、鱸魚豆腐湯，醬爆茄條、乾煸豆角等幾道時鮮小炒，還有她自製的辣白菜以及一道滷味拼盤，很是豐盛。

「老天爺，我這輩子也沒吃過這麼豐盛的宴席，真是託了采依丫頭的福，我想大酒樓的菜也不過就是這樣吧。」牛大娘剛剛在廚房只是洗洗菜、燒燒火，還真沒有仔細看柯采依到底燒的什麼菜，這下看著滿滿一桌的色香味，明白她為什麼能贏得頭名了。

村長笑道：「別說是妳，我也沒吃過這麼大的席面。」

兩大盆羊脊骨不說，又是雞又是魚，每道菜都油亮油亮的，哪家請客會這麼大方？旁人一盤菜裡加點肉絲有個肉味就夠了，做客的也不會說什麼。柯采依出手這麼大方，看來真是要發達了。

柯采依擺好碗筷，咧嘴道：「村長快別笑話我了，哪能和大酒樓裡那些精細吃食比。這次做得匆忙，都是些粗糙物，大家隨意別客氣。」

「這是粗糙物，那我們在書院裡吃的只能算狗食了。」李仁打趣道。

「以後誰能娶了采依真是這輩子修來的福氣。」呂婆子邊說邊瞥了眼李仁，她對於給柯采依和李仁說親念念不忘，還時不時提起這茬兒。這麼好的姑娘還不抓緊機會，幹麼呢？

又來了？李仁低著頭擺弄碗筷，裝作沒有看見。

柯采依沒有看懂呂婆子給李仁使的眼色，只以為是老人家隨口一誇。

陳峋之聞到香味早就待不住了，手指緊緊的扒著桌角，被饞得直嚥口水，著急道：「姊姊我好想吃啊，還不可以吃嗎？」

柯采依把他抱起坐在凳子上，柯均書和柯采依坐在他的旁邊，三個娃娃緊緊盯著桌上的菜，眼睛都不眨了。

她拍了下手道：「開飯了，大家千萬別客氣。」

羊脊骨燉得無比軟爛，輕咬一口整塊肉都脫骨了，吃完肥美的羊肉再狠狠吸上一口骨髓，那叫一個爽快，蘿蔔吸飽羊肉的鮮滋味，多汁解膩。

地鍋雞野雞肉質鮮嫩，馬鈴薯鬆軟，薄餅焦脆，往湯汁裡一蘸，滿嘴生香。

毛血旺香辣撲鼻，一口毛肚一口鴨血，麻辣味直衝腦門，大冬天來這麼一碗紅通通的毛血旺，整個人都暖和起來，十分過癮。

要是羊肉、毛血旺和雞肉重口味菜色吃膩了，來一碗鱸魚豆腐湯，魚肉豆腐嫩滑，湯汁清爽不膩，喝完還能接著繼續大吃一場。

「我現在可算是知道，為什麼采依能贏那麼多大廚了。」村長嘴裡的毛肚都沒有來得及嚥下去，手裡還不停的往毛血旺那裡伸筷子。「老夫生平還是第一次吃到這麼好吃的菜。」

李仁一手拿著個薄餅，一邊舉著塊雞肉問道：「柯姑娘，這個雞肉怎的如此香甜有嚼頭，和以前吃過的雞肉好像不一樣？」

周巧丫一臉自豪道：「這是我哥哥從後山打到的野山雞，野生野長的，自然比家養的好吃了。」

李仁佩服道：「原來如此，這麼冷的天氣還能打到獵物，周大哥好功夫。」

周大青有些不好意思了。「哪裡哪裡，運氣好而已。」

「不錯。」一向難得誇讚人的呂老頭都吐了個讚美的字眼，他捧著一根羊脊骨，正使勁吮吸著裡面的骨髓。

「老頭子吃慢點，喝點豆腐湯。」呂婆子難得看見老頭子吃這麼香，也是眉開眼笑的。

三個小娃娃的動作一模一樣，都是幾乎把臉埋在碗裡，顧不得說話，吃得那叫一個香。

當然也有例外。

陳晏之始終保持著名門公子的進食姿態，除了挾菜的速度快了些。沒辦法，雖然他很想保持絕對的優雅，但是手速太慢的話，菜都要被其他人挾光了。

他邊吃邊用眼光瞄著陳峒之，本想開口提醒他注意吃相，可轉念一想又覺得沒有必要，偶爾讓小娃娃放肆也沒什麼不可的。

不過陳晏之略帶糾結的表情落在柯采依眼裡，讓她直想發笑。她抿了抿嘴，憋住笑，岔開話題道：「大家嘗嘗這個滷味，是我新做的小吃，如果味道可以的話，我打算放到酸辣粉食檔裡去賣。」

在賣酸辣粉時，柯采依就發現肥腸的澆頭賣得特別好，這裡的人原本不大愛吃下水、雞爪鴨爪等邊角料，主要是因為不會做，但是這麼好的食材怎麼可以浪費呢？所以她買了不少下水、豬耳朵、雞爪等，回來一股腦兒都滷了，也放了些藕片、豆乾等素菜。滷汁用了數十味香料熬製而成，越滷越香。

「不用說，肯定好賣。」

「同意，以前從沒有覺得雞爪鴨爪有什麼好吃的，現在啃著停不下來了。」

大家吃完都是讚不絕口，不多時，一盤滷味就被瓜分完畢，柯采依見狀笑得嘴巴都咧到耳後去了。

吃到盡興處，柯采依端起滿上米酒的杯子，對著在座的諸位笑嘻嘻道：「今天多謝各位來我家做客，也謝謝大家幫我弟弟澄清和解圍，小女子不勝感激。」說完一飲而盡。

陳晏之皺眉道：「姑娘家少喝點酒。」

柯采依抿唇道：「不礙事，這米酒不醉人的，公子也來點？」

陳晏之看著她亮晶晶的眼神，不自覺點了點頭。柯采依順勢給他滿上，喜孜孜的看著他喝了下去。

村長嘆了口氣道：「說起來，那王家娘子脾氣急躁了些，加上家裡有點錢，就有點得瑟過頭了。采依，妳以後少與她打交道便是。」

周巧丫嚥下最後一口豬耳朵，不滿道：「她的兩個兒子可真不是什麼好貨色，尤其她的大兒子，有好幾回碰見他，總是用色瞇瞇的眼神盯著別人看，讓人害怕。」

「什麼時候的事，妳怎麼不跟我說呢？」周大青眉頭緊皺，王大疤什麼德行他早就知道，卻沒想到主意打到他妹妹頭上了。

「我沒和你說不是怕你擔心嘛，反正看見他，我都是趕緊躲得遠遠的。」

「以後他要再敢如此，定要同我說。」

周巧丫連忙點頭。

陳晏之聞言蹙眉道：「聽起來這人是個賴子，他是不是欺負過妳？」一個無父無母的孤女總是被欺凌的對象。

「你覺得可能嗎？」柯采依挑眉道：「他敢找我麻煩，我就打得他不能人道。」

陳晏之失笑，以她的身手，估計少有人能欺負得了。

呂老頭維持一貫的一本正經，道：「女子說話怎可如此粗俗？」

柯采依暗自吐了下舌。「我知道了。」念在柯均書還要在呂老頭那裡讀書，她還是不要惹這個老童生厭煩才好。

「不過，這樣的人三番五次在村裡調戲婦女，村長難道也放任不管嗎？」

正所謂「君子易處，小人難防」地痞流氓有時候出的下三濫招數，還真不是有幾下拳腳功夫就有用的，所以陳晏之依然不放心。

村長原本想敷衍幾句便罷，現在陳晏之這般嚴肅的開口，也不得不硬著頭皮道：「我一定會去警告王成夫婦，好好管教兒子，絕不讓他再生事端。」

一頓飯吃得賓主盡歡，一桌子菜幾乎都被掃個乾乾淨淨，眾人卻還有點意猶未盡。

吃完飯，村長等人先行告辭，陳晏之落在最後。

柯采依把廚房收拾乾淨後，出來就瞧見桌子上擺著幾個大大小小的盒子。

她一頭霧水。「這是什麼？」

「禮物。」

「是什麼？」

陳晏之賣了個關子。「打開看看就知道了。」

柯采依糾結了一下。「本來是我要感謝你的，怎麼好意思還接受你的禮物？」

陳晏之似乎早就知道她會這麼說，語氣淡淡的說道：「放心吧，不是什麼貴重物，妳一定會感興趣的。」

這麼神秘？

陳晏之都這麼說了，柯采依再推辭顯得矯情，便打開離手邊最近的一個鼓鼓囊囊的油紙包。

「哇！」柯采依眼睛一亮，油紙包裡居然滿滿都是乾海貨，鮑魚、干貝、牡蠣、蝦乾，還有一看就是品質上等的魚膠，海貨的鹹腥味撲鼻而來。

陳晏之看著柯采依驚喜的模樣，就知道這禮沒送錯，笑了笑，道：「昨天剛好我派去東海進貨的人回來，帶回一批東海那邊的乾海貨。這些都是木塘縣難得見到的食材，我想妳這麼喜歡做菜，應該會有興趣，就挑了些帶來。」

陳晏之知道柯采依最不喜歡欠別人的人情，更加不願接受貴重禮物，所以才絞盡腦汁想送些她感興趣的東西。

柯采依心裡好似流過一片暖洋，他是真的考慮她的喜好來送東西，試問這份心意誰能不感動？

陳晏之見柯采依不說話，放軟了語氣道：「這些東西值不了幾個錢，再說我也是帶有一點小私心的，我想看看這些海貨在柯姑娘手裡能不能變成更美味的菜餚，有機會也好讓我一飽口福。」

柯采依明白他想吃什麼哪裡愁找不到大廚做，這只不過是不想讓她覺得有壓力的藉口。

她抬頭看向他，正正經經道：「一定的。」她心裡想著以後陳晏之來她食檔吃東西乾脆都不收錢了。

陳晏之指了指另外一個包袱，接著道：「再看看那個。」

柯采依在他期待的目光下打開了包袱，一看見包袱中的東西，驚喜中又帶點疑惑的道：「這是？」

陳晏之拿起一本字帖翻了翻。「這是京城大書法家王然的字帖，我知道書哥兒正在讀書識字，王然的字體端莊內斂，給孩童習字最好不過了。還有這些書籍都是書哥兒將來用得到的，上面有名家注解，一般書鋪裡是買不到的，以前峋之都是用這些來啟蒙的。」

如果說剛剛的乾海貨令柯采依覺得心裡熱呼呼的話，那麼這些書籍好像一下子擊中了她的心。

她目光直直的盯著這些嶄新的字帖，沒作聲，內心一時之間思緒萬千。

柯均書聽到是送給自己的東西，噔噔跑過來，小心翼翼的摸著書本的封皮，大大的眼睛裡都是歡喜。

柯均書打心眼裡喜歡念書寫字，自從跟著呂夫子認識了不少字後，就把夫子交代要讀的書翻來覆去讀了個遍；知道姊姊賺錢辛苦，為了省些紙張錢，平日裡總是在地上用沙子練字，任憑柯采依怎麼勸說都沒用。

柯采依沒有推辭，只是摸著書哥兒的腦袋說道：「這都是陳哥哥送的，要好好謝謝人家。」

柯均書拱起雙手，認認真真對陳晏之作了個揖道：「謝謝哥哥。」

陳晏之也摸了摸他的小腦袋，彎下腰笑道：「最好的感謝就是好好讀書，知道嗎？」

柯均書狠狠點了點頭。「嗯。」

「我也會，我也會。」陳岄之從陳晏之的胳膊下鑽了出來，高聲嚷著。

陳晏之輕輕敲了敲他的額頭。「你現在說得好聽，夫子交代的功課做完了沒有？這點你就不如書哥兒，人家還比你小。」

陳岄之一聽這個就萎了，嘟著嘴巴道：「我知道了，我回去就做。」

柯采依本來正感動得不知道說什麼才好，這下被這對兄弟惹得噗哧笑出聲來，氣氛一下子歡快起來。

她笑著笑著忽然覺得有兩束目光傳來。

柯采依抬頭一看，陳晏之正目光灼灼的看著她，與她目光相撞後微微一笑，灼得她臉頰發燙。

她連忙低下頭，捋了一下鬢邊的頭髮，岔開話題道：「陳公子，你送了我這麼多東西，我無論如何也不能讓你空手回去。

「上回你說你娘喜歡吃辣白菜，我這些日子多做了一些，都給你帶回去。還有這個臘腸，現在還不能吃，拿回去之後讓廚子繼續掛在通風處，過個七、八日就能吃了。」柯采依快手給陳晏之打包了辣白菜、臘腸、滷味等七七八八的東西，放在桌上堆成了小山似的。

陳晏之瞧著怎麼比來時東西更多了？

阿福剛剛吃得肚子渾圓，這會兒靠著門檻，眼神雖一直目不轉睛的看著院子裡，耳朵卻仔細的聽著堂屋內的動靜。

他清清楚楚聽見了自己公子和柯姑娘的互動，暗道自家公子第一次追求姑娘怎麼一點都不詩情畫意？

別的公子姑娘再不濟也是贈荷包、玉珮，怎麼他們倆就是乾海貨、辣白菜和臘腸，不知道的還以為是以物換物做買賣呢？偏偏公子還一副樂在其中的模樣。

真是費解，費解啊。

柯采依幫陳晏之把東西都搬到他的馬車上，忽然想起品味會被帶走的那幾個人，問道：「你知不知道張槐和小九他們會被怎麼處置？」

「這就要看知縣大人怎麼判了，畢竟不是殺人放火的重罪，想來應該不會太重。不過妳也無須擔心會被報復，那張槐經過此事名聲已經臭得如過街老鼠，絕不敢再出來鬧事。」

第十九章

數日後，柯采依就得知了張槐和黃武被判決的結果，他們被知縣下令痛打了三十大板，之後本應繼續蹲大牢，可是有人買通了關係保他們出來。不過張槐出來後也不能再回到漢泰樓當掌勺大廚了，收拾包袱灰溜溜的離開了木塘縣。

至於趙良的徒弟小九屬於從罪，受到的責罰沒有他們那麼重，趙良念著最後那點師徒情，也向知縣求情，既然有當事人的諒解，小九被關了幾天也放了出來，只不過和趙良的師徒情從此斷了。

「真是便宜那個張槐了，他就應該蹲穿牢底，竟然這麼輕易就放出來了。」周巧丫很不滿。

柯采依手裡切著滷豬耳朵，這幾日滷味放到酸辣粉食檔後很受歡迎，常常不到半日就賣個精光。

她瞄了眼周巧丫氣鼓鼓的樣子，淡然道：「張槐也只不過是顆棋子罷了，他的上面還有人，放不放他出來沒什麼兩樣。」

周巧丫驚訝道：「妳是說他是被人指使的？」

「再明顯不過了。」

「是不是漢泰樓的老闆？他是漢泰樓的掌勺大廚，會這麼做肯定是老闆指使他的。」

「究竟是誰指使的，沒有證據咱們也不敢隨便亂說。不過這次的事情本質還是利益之爭，商場如戰場，朝這個方向查下去八九不離十了。」

周巧丫若有所思的點點頭。「采依，妳好像懂很多的樣子。」

柯采依眨了眨眼，調皮說道：「我只懂做菜。」

這時，她看見一個穿著淡灰色長袍的老人拄著枴杖緩緩走進了她的食檔，一個中年男子亦步亦趨的跟在他身後。

自從柯采依贏得頭名後，原本只在東市街上有點名氣的小攤一下子聲名鵲起，這幾日聞訊而來的客人比以往多了好幾倍。柯采依幾個人忙得腳不沾地，很多人來了暫時沒有位子，她便自製了一些寫著號碼的木牌子，讓來了的客人拿著木牌子等待。

「巧丫，那個老人家腿腳不好，妳去拿個凳子給他坐下。」

周巧丫聞言馬上放下手裡的抹布，端了個凳子走了過去。

老人朝柯采依的方向看了看，臉上沒有什麼表情，朝她點點頭，坐了下來。

周巧丫咧嘴道：「老人家，現在我們這裡已經滿座了，您還要稍等一會兒，這裡有個木牌子，等會兒叫到了牌子上的號碼，就可以入座了。」

老人看著手裡的木牌子上寫著個「十二」，周圍確實有不少人或坐或站的在等著。他旁邊的中年男人語氣不善道：「還要排隊？我們願意多出錢，現在就給我們安排入座。」

周巧丫自從跟著柯采依做生意以來，見慣了各種各樣的客人，膽量大了許多，她保持微笑道：「這位客人，做什麼都講究個先來後到，我們這裡是不許插隊的。」

中年男子的臉拉了下來，明顯非常不滿。

老人抬了抬手示意他不要再說。「無規矩不成方圓，我們願意等。」

還是這位老人家明事理，周巧丫又笑道：「老人家，我們這裡上菜速度很快的，您不用擔心等太久。」

周巧丫回到案檯邊，朝柯采依壓低聲音道：「那個老人家好嚴肅的樣子，一走近他都感覺有種壓迫感，還帶了個僕人，對他畢恭畢敬的。」

柯采依瞥了一眼，淡淡說道：「來者是客，其他的無須管。」

「老太爺，您想吃什麼東西，差人給您買就是了，何必親自跑一趟？這麼個小攤，不知道乾不乾淨，竟然還要排隊。」中年男子皺著眉看著擁擠的食檔，看裡面的客人真是三教九流，什麼人都有，不明白老太爺怎麼突然想要到這個小食檔吃東西。

老人雙手放在枴杖上，沈聲道：「你懂什麼，我不單單是來吃東西的。」

「那是為什麼？難道是體察民情？」

老人瞪了他一眼，手指往前指了指，悠悠說道：「我是為了她而來。」

陳山順著他的手指方向看去，老人指的是正在做酸辣粉的老闆。

「那個小姑娘，有什麼好看的？」他腦袋裡上下思索著是不是以前認識，可是翻遍了腦袋中的記憶也想不出和她有什麼交集。

老人沒有回答，而是專注看著柯采依忙前忙後。

時間一點一滴的過去，好不容易等到他們可以落坐，飯點都快過去了。

周巧丫跑去給他們點單，不過老人卻開口問：「能不能讓你們老闆過來？」

「啊？」周巧丫呆了呆。

老人家的聲音自帶一股威嚴。「我是聽聞老闆的名聲而來的，想要親自和她聊聊。」

柯采依得知老人家的要求後，擦乾淨手走了過去，露出標準的待客笑容道：「兩位客官，想吃點什麼？」

老人家銳利的眼睛盯著柯采依，柯采依不明所以，依然坦蕩蕩的回望著他。

中年男子咳嗽一聲道：「我們是第一次來，老闆先給我們介紹一下都有些什麼東西吧。」

柯采依不慌不忙道：「我們這裡的招牌套餐是酸辣粉加雞蛋灌餅，此外還有滷味、辣白菜等小吃。」

「酸辣粉？我們老爺吃不得太辣，有沒有不辣的？」

「當然有，可以給您做不辣的，全看您的需求。」

老人突然開口道：「辣與不辣的都來一份，那個什麼蛋餅也要兩份，有什麼小菜都給上一份。」

柯采依點了點頭道：「好嘞，您二位稍等一會兒，馬上來。」

柯采依一邊幹活，一邊注意著老人那邊的狀況。看他們的穿著打扮和言談舉止，一點也不像是市井普通人家，不知道吃不吃得慣？

她這麼專注的想著，冷不防見案檯邊冒出個小人兒。紮著雙丫髻的小丫頭怯生生的喊了聲。「柯姊姊。」

柯采依眉眼一彎道：「小小來了，今天還是老樣子？」

小小輕輕點了點頭，將手裡捧著的碗遞了過去。

「妳等一下，姊姊現在就給妳做。」

小小的個子只比案檯高出半個頭，眼睛直愣愣的盯著柯采依麻利的動作，心想什麼時候能變得像柯姊姊這麼能幹就好了。

柯采依注意到小丫頭的眼神，笑著問道：「妳奶奶身體好些了嗎？」

小丫頭聲音軟軟的。「好多了，謝謝姊姊。」

小丫頭真是乖得讓人心疼，柯采依囑咐道：「以後叫妳奶奶千萬不可以餓肚子了，想吃東西就到姊姊這裡來。」

小小乖乖的點頭。

在小小身後有一桌坐了兩個婦人，是一對婆媳。因為兒媳婦害喜嚴重，其他什麼東西都吃不下，偏偏就愛上了酸辣粉，一日不吃就難受得緊。

年輕的婦人盯著那瘦得像豆芽菜的小丫頭瞧了半天，像是在確認什麼，想了一會兒一拍大腿道：「娘，那不是孫婆婆的孫女嗎，叫什麼小小的？」

她婆婆瞄了一眼便肯定道：「是啊，就是她，也是個可憐娃。親爹病死了，親娘轉頭就改嫁也不要她，只能跟著唯一的奶奶相依為命。一個老的帶著一個小的，家裡又沒個男人，活得真是艱難，孫婆婆只能靠在街頭給人縫衣服、補補鞋，掙幾個錢活命。」

「那她怎麼還吃得起這酸辣粉，好歹六文錢一碗呢？」

「可不就是嘛，縫衣服補鞋一天能掙幾個錢，都是老闆心善。」

「此話怎麼說？」

婆婆便細細的和她說了原委。

原來前兩日她來給兒媳婦買酸辣粉回去，正好撞見孫婆婆暈倒在這食檔旁邊，才知道老人家為了省錢，把糧食都給孫女吃，自己餓著肚子，結果體力不支昏過去了。

柯采依將老人家扶到自己的食檔，沒一會兒老人家就醒了過來，她便做了兩碗粉給這祖孫倆吃。得知孫婆婆的遭遇後，柯采依便讓孫婆婆每日來她這裡吃粉，只賣她們一文錢一碗。

年輕的兒媳婦疑惑道：「老闆為何不乾脆免了飯錢，反正一文錢對她來說根本不算什麼。」

「許是為了不讓祖孫倆感到被施捨吧，要不然豈不是成了乞丐？孫婆婆也是知恩圖報的，說以後老闆有要縫補的東西都可找她，不收錢。」

「原來如此。」

「妳看老闆給小小碗裡裝的粉，還有滿滿一層的肉，那分量足夠讓祖孫倆吃兩頓的了。」

「老闆想得還挺周到。我剛好有兩雙鞋破了，改日拿給孫婆婆補補去，算做點好事，給我未出世的孩子積德。」

陳山嘴裡不停的嗦著粉，耳朵也將那對婆媳的對話一字不漏的聽了去，沒想到這個年紀不大的老闆能有這份善心和細緻，真是小瞧她了。

老太爺明顯也聽見了，神色微動，不知道在想什麼。

不過有一點可以肯定的是，老太爺對這裡的吃食很滿意，桌上的食物都被吃光了，只剩下些湯湯水水。老太爺上了年紀後，愈加挑嘴，府裡燒的菜總是不對他的胃口，眼見他對這酸辣粉如此鍾愛，陳山心裡思索著難不成老太爺是打算給府裡找廚子來著？

雖然他起初認為這麼個街邊小攤不會有什麼好東西，事實證明他錯了，口味的確不賴。

老人不知道陳山心裡這些彎彎道道，只是放下筷子，淡淡的開口：「結帳吧。」

陳山得了命令，便揮手招柯采依過來。

柯采依見吃食幾乎被吃得乾乾淨淨，心裡那份忐忑也放下了。她賣了這麼久的粉，很少緊張過，但這個老人家實在給人的壓迫感很強。

陳山吃完後對柯采依大大改觀了，便對柯采依露出了第一個笑臉。

柯采依心情大好，抿了抿嘴，笑道：「兩位客官，味道如何？」

老人只吐了兩個字。「不錯。」

真是惜字如金。

他們結完帳後沒有逗留就走了。

只不過柯采依沒想到的是，這個老人接下來連續四天都來光顧，每次都要柯采依去點單，卻也不說什麼話，只是默默吃完，默默就走了。

「那個老人家又來了，已經是第五天了。」周巧丫在柯采依跟前伸出一個巴掌，嘀咕道：「總感覺他們有什麼目的。」

柯采依抬頭看她，調侃道：「妳要對我們的吃食有信心，人家也許就是太喜歡吃了，一日不吃就受不了。」

「是嗎？」周巧丫很懷疑。

當然不是。柯采依自己都不信，然而人家沒有挑明緣由，她只能當作一般顧客去對待。

這次老太爺又叫柯采依去結帳，她端了兩個小碗走過去。

柯采依眼角帶笑的說道：「這個是我們今天的限定甜品酒釀圓子，為了多謝客官連日來的光顧，特免費贈與二位品嘗。」

瓷碗裡一個個潔白的糯米圓子擠擠挨挨的靠在一起，濃稠的酒釀中間漂著兩、三顆枸杞和幾片桂花花瓣，紅黃相間，煞是好看。

現在食檔裡賣的吃食種類並不多，為了怕客人來來回回吃膩，柯采依便打算推出一些當日限定的甜品，今天做的就是酒釀圓子。

糯米粉搓成的小圓子，比湯圓個頭要小一些，加入枸杞和甜酒釀，最後撒一點自製的乾桂花花瓣。吃了酒香四溢的甜品，甜甜暖暖，一直滲到心坎裡。

老人嘗了兩口後，臉色明顯舒緩了下來，抬眼看向柯采依道：「很好喝。」

柯采依笑瞇了眼。

柯采依眉頭微蹙。

真是奇怪了，她這個小食檔這幾天怎麼這麼多貴客。

老人家已經有兩天沒來了，想想也是，就算她對自己做的吃食再有信心，可天天吃也該膩了。

那位不知身分的老人沒來，可現在食檔裡又坐著一個披著黑色大氅的男子，排場不小，身後站著兩個雙手抱胸的壯漢，一動不動的，神色凌厲的注視著前方。

這位公子倒也沒有對身分遮遮掩掩，上來就自報家門，原來他就是漢泰樓的少東家周少連。

一聽到他的名號，柯采依心裡不禁開始打鼓，難不成是為了張槐的事情上門算帳來了？但也不至於帶打手吧。

柯采依心裡波濤洶湧，但臉上不動聲色，平靜道：「不知道周公子今天來有何貴幹？」

周少連端坐著，微微一笑道：「柯姑娘無須緊張，今天我來只是想品嘗一下姑娘的手藝。」

柯采依挑了下眉道：「只是這麼簡單？」

周少連一臉真誠的樣子。「姑娘不相信？」

「也不是。」柯采依斟酌了一下言語，淡定道：「我還以為你是為了張槐的事情而來。」

周少連輕笑一聲道：「那件事已經過去了，雖然張槐是我派去參加品味會的，但是我也沒想到他會為了贏得比賽做出那種齷齪事，老實說我心裡也很慚愧，只能怪我以前識人不清。我已經讓張槐離開木塘縣，做錯了事就得接受懲罰。」

柯采依臉上掛著客氣的笑容，心裡腹誹道你會不知道才是怪事，把人趕走是不想他有機會說出幕後主使吧。

周少連對柯采依的假笑視若無睹，沈聲道：「怎麼，柯姑娘是不打算做我的生意？」

柯采依回過神來，笑了笑。「怎麼會呢，您這樣的貴客我歡迎還來不及呢，想吃點什麼？」

周少連輕輕敲了敲桌面，左右看了看。「就來一份妳們的招牌吧。」

柯采依迅速的給周少連準備，本希望他吃完能趕緊走，卻沒想到他慢悠悠的吃完以後，又招她過去，大有一副要長談的模樣。

「如果說以前還有疑慮，那麼這次嘗過柯姑娘的手藝，才明白妳能贏的確是實至名歸。」

「過獎。」

周少連伸手做了個邀請的動作。「柯姑娘請坐，我想和妳談談。」

柯采依沒有動，皺眉道：「我們好像沒有什麼好談的吧。」

周少連笑道：「我與姑娘並沒有什麼矛盾，何必帶有敵意？我是真的有件事想和姑娘詳談，況且現在也沒其他的客人，不耽誤妳多少時間的。」

柯采依垂下眼眸，沈思了片刻便坐在了周少連的對面。

「周公子到底有什麼要緊事？」最好能說出個子丑寅卯來。

周少連頓了一下，說道：「其實我是請妳來當我們漢泰樓的掌勺大廚。」

柯采依瞪大雙眼，古怪的看著他。「找我去當你們酒樓的大廚，你沒說錯吧？」

「沒錯。」周少連盯著她說道：「妳知道的，張槐已經離開木塘縣，此前他在我的酒樓當了六、七年的廚子，雖然他的品行有問題，但廚藝確實不錯。現在他突然離開，我一下子找不到替代的人。」

「周公子別逗我了，你們那麼大的酒樓不可能只有一個大廚。」

「是還有其他的廚子，但是他們的廚藝水準實在難以擔此重責。」周少連憂心忡忡道：「這幾日酒樓的客流少了許多，我思來想去，柯姑娘的廚藝在品味會上大家有目共睹，如果姑娘肯答應我這個請求，酬勞無須擔心，一定是木塘縣最好的，絕對要比在這裡風吹日曬開小食檔要高得多，做得好還有另外的分紅。」

周少連信心滿滿的看著柯采依，這麼好的條件多少人求都求不來，他不信她能拒絕。

柯采依卻絲毫沒有遲疑的開口。「周公子太抬舉我了，這次我能贏下品味會其實有點佔便宜，廚藝沒有你想像的那麼好。我一個小丫頭片子，見識淺薄，怎麼能擔當得起一個大酒樓掌勺大廚的位置呢？你還是另請高明吧。」

柯采依心裡堅定的認為張槐的事情和周少連八成脫不開關係，既然張槐都知道她和陳晏之相識，那麼他豈會不知。他和陳晏之是對手，又怎麼會找她去當掌勺大廚？

她越想越覺得其中也許有陰謀。

周少連聞言雙手往前伸了伸，抬高聲音道：「柯姑娘是不是對我提的條件不滿意？其實還可以再談的，酒樓的其他廚子任妳使喚，我也不會干涉妳做菜的自由。」

「周公子提的條件的確很誘人，但是我這個人天性散漫慣了，不喜歡束縛，開個小食檔可以自己作主，到了別人的地盤我怕適應不了。」柯采依扯了扯嘴角道：「再說就算周公子賞識我，別人也不一定會服氣我這麼個小村姑當大廚的，所以恕我不能接受。」

周公子沈默片刻，盯著她的眼睛問道：「柯姑娘拒絕我是不是和陳晏之有關？」

柯采依面無表情道：「為什麼這麼說？」

「據我所知，柯姑娘似乎和陳晏之走得很近，莫不成他是姑娘的心上人？」

柯采依扯了扯嘴角，冷笑道：「這是我的私事，沒有必要和你交代吧。」

周少連輕聲道：「柯姑娘千萬別誤會，我不是要調查妳，只是誠心相邀，我不想妳是因為從旁人那裡聽到些什麼閒言碎語，對我有了偏見才拒絕我。」

柯采依皮笑肉不笑的說道：「周公子多慮了，說實話，在今天之前我並沒有從任何人嘴裡聽說過周公子。」

周少連的臉僵了一下。「那就好，我之前和陳公子有些誤會……」

「有什麼誤會啊？」周少連還沒說完，陳晏之的聲音突然從他背後傳了過來。

柯采依聞言抬頭一看，眼睛亮了起來。

陳晏之不知道什麼時候已經走到他們跟前，他頷首對柯采依笑了笑，撩起袍子，在她身邊坐下，轉頭對周少連說道：「原來周公子也喜歡這街邊小吃。」

周少連淡淡回道：「山珍海味吃膩了，偶爾換換味道也不錯。」

陳晏之不置可否，看了看桌面未收拾的碗筷，微微笑了笑。「柯姑娘，我還沒吃午飯，先照老樣子給我來點吃的吧。」

柯采依笑嘻嘻的點頭道好。

陳晏之這一來，她心底放鬆了不少，就讓他去對付周少連這隻狐狸吧。

柯采依一走，陳晏之的臉立刻恢復面無表情。「周公子別來無恙，喔不對，你應該是有恙，最近酒樓生意不太好吧。」

周少連似乎也懶得裝君子了，冷笑道：「你得意個什麼勁，這次品味會也不是你們贏。」

「可我輸得心服口服，輸得光明正大，不像有些人偷雞不著蝕把米，搬起石頭砸自己的腳。」

「你！」

「我勸你還是趕緊回去想想法子怎麼恢復漢泰樓的名聲，別再打她的主意了。」

「你就這麼有把握她不會被我說動。」

陳晏之堅定的說道：「我的確有把握。」

周少連半晌沒有出聲，轉頭看了看案檯邊因為陳晏之的到來明顯更開心的柯采依，站起身道：「我們之間的比試還沒有結束。」說罷帶著兩個僕人氣沖沖的走了。

柯采依端著粉過來後就發現桌邊只剩陳晏之一個人，疑惑道：「他怎麼走了？」

陳晏之隨口說道：「興許是有事吧。」

柯采依將酸辣粉放到他眼前，嘴角彎了彎。「快吃吧。」

陳晏之確實有點餓了，迅速嗦了幾口粉墊了墊肚子，沈聲道：「他請妳去當大廚，妳怎麼想？」

「你都聽到了？」

「猜的。」

柯采依起了玩心，眨了眨眼睛道：「你希望我怎麼答覆？」

陳晏之專注看著她的眼神道：「我不希望妳去。」

這麼直接！柯采依好奇問道：「為什麼？漢泰樓的掌勺大廚可是很多人夢寐以求的位置。」

「周少連這個人心術不正。」

柯采依撇了撇嘴道：「可是我瞧著他自始至終都彬彬有禮。」

「那都是表相。」

她咬了下唇道：「你也是表相嗎？」
陳晏之嘴角微勾道：「我都是認真的。」
柯采依被他的眼神盯得臉紅了一下，轉移話題道：「可是他哄騙我這麼個小丫頭，能得到什麼呢？」
「他這種人背後的彎彎腸子太多了，防不勝防。」
柯采依接著問道：「我瞧著你們之間關係好像有點劍拔弩張，怎麼，他是你的敵人？」
陳晏之嚥下一口湯。「之前確實有些過節。」
「他還敢和你有過節？」
陳晏之聞言驚訝道：「妳已經知道我的身分了？」
柯采依聳了聳肩道：「看到品味會上知縣大人對你畢恭畢敬的模樣，想不知道也難吧。」
「我不是故意隱瞞妳的。」
「我沒有怪你，因為我也沒問過。」柯采依單手托著腮，輕聲道：「無論你是什麼身分，並不會影響我們的朋友關係。」
陳晏之看著柯采依坦蕩蕩的眼神，心裡鬆了口氣。

「其實我今天來不只是為了吃東西的。」

「哦？」

「三天後是峅之的生辰，我想邀請妳來參加他的生辰宴。」

柯采依脫口而出道：「你想請我為峅之辦這個宴席嗎？太好了。」

陳晏之連忙打斷她。「不是不是，這次我想請妳作為客人出席。」

「只是客人？」

「妳好像很失望？」

「說實話，你還不如請我去當廚子呢，至少有錢賺，當客人多沒意思。」不知不覺，柯采依在陳晏之面前說話越來越放鬆，連她自己都沒意識到。

陳晏之忍俊不禁道：「這次就算了，妳就好好當回客人，把弟弟妹妹都帶上，峅之可想他們了，天天念叨著要去找他們玩。只是夫子管得嚴，他平日總不能出來。」

柯采依垂首想了想，乾巴巴道：「可是你們那種上層人士的宴席，我去合適嗎？」

陳晏之挑眉道：「我都沒有什麼門第觀念，妳好像比我還在意？」

柯采依沒好氣道：「我這是深謀遠慮，那些話本子不都是這麼寫的嗎？貧窮的姑娘到了富貴人家總是不被待見。」

「妳還是少聽那些亂七八糟的話本子。」陳晏之放下筷子，安慰道：「妳去了就是我請的貴客，沒有人敢對妳無禮的。」

陳晏之真誠的眼神令她不由自主的點了點頭。

真是色令智昏啊。

三天眨眼就到了。

柯采依早早起床為陳峋之準備生辰禮物，她思來想去，陳峋之出身富貴人家，應該啥都不缺，他又喜歡吃，便打算做一道他沒有吃過的新鮮吃食——生日蛋糕。

柯均書和柯采蓮因為今天要去參加陳峋之的生辰宴，興奮得很早就醒了，這會兒兩個人一左一右的圍著姊姊打轉。

柯采蓮睜著大大的眼睛好奇問道：「姊姊，妳又在做蛋糕卷嗎？」她舔了舔嘴唇，好想吃。

柯采依單手不停攪拌著奶油，笑嘻嘻道：「這次不一樣，這個叫做生日蛋糕，是專門過生辰時吃的，等下回你們倆生辰時，姊姊也給你們做一個大大的生日蛋糕。」

「好吔。」兩個娃娃笑得瞇起了眼睛。

柯采依前一天把東市、西市逛了個遍，總算在一個胡人販子那裡買到了一小罐奶油，不多，但足夠用了。

把蛋白和白糖隔水加熱後，打發成蛋白霜，再慢慢加入奶油，不一會兒潔白蓬鬆的奶油霜就完成了。奶油霜均勻抹在圓形的蛋糕胚上，上面再鋪上一圈水果，中間留了一小處空白。

柯采依用油紙捲成一個尖嘴形，裡面裹著粉紅色的果醬，她想了想，將油紙卷遞給柯均書。「書哥兒你來寫。」

柯均書小心翼翼的接過油紙卷，按照姊姊說的，一邊擠果醬一邊輕輕寫上「陳峅之生辰快樂」。

柯采依對成品很滿意。「完美，書哥兒的字寫得真好。」

柯均書抿著嘴害羞的笑了。

第二十章

陳晏之想得很周到，派了阿福駕著馬車來接他們姊弟三個。

柯采依一坐進馬車，就發現車裡還備好了毛毯、暖爐，甚至還有幾盒點心。

阿福的聲音從簾子外傳了進來。「柯姑娘，點心還有暖爐都是公子特地交代給你們準備的，這天寒地凍，別著涼了。」

柯采依嘴角微微上揚，輕輕拈起一顆果脯，入口好像甜到了心坎裡。

阿福駕車飛快又平穩，很快就進入城裡，還沒有到陳府門口，就已經隱隱聽見喧鬧聲。

阿福停穩馬車後，柯采依抱著弟弟妹妹下來。此時的陳府門口已是熱鬧非凡，厚重的大門大敞，來的客人一撥接一撥，門口迎客的僕人都快忙不過來了。

只是個小孩子的生辰宴，有必要搞這麼大的排場嗎？

柯采依忍不住將心底的疑惑向阿福提了出來。

阿福咧著嘴道：「姑娘有所不知，其實以往小公子的生辰從沒有這樣大操大辦過，只不過今年因為我家夫人連生了兩場大病，所以老爺就打算借著為小公子辦生辰宴的喜事沖沖晦氣。」

原來如此。

在阿福的帶領下，柯采依姊弟走進陳府。一走進大門兩邊就是曲折遊廊，當中是穿堂，擺放著一塊大理石製成的插屏，轉過插屏就是正房。

不愧是定遠公的府邸，果然很氣派。

柯采依剛走進正房，就看見一個穿著藏青色袍服的男子背對著她，正和一群人寒暄。他的背影頎長，髮冠高高束起，墨黑的頭髮披在身後，除了陳晏之還能有誰。

阿福先她一步走到陳晏之身邊，附在他的耳邊低語了幾句，陳晏之聽完立刻回頭看了過來，一見她眼神都亮了起來。

陳晏之走到她的跟前，上下打量了一下眼前的少女，烏絲輕綰，黛眉彎彎，雙唇紅潤，小小的臉蛋被雪白色的毛領襯得越發白皙，一身藕色的束腰長裙曳地。

眼見少女笑盈盈的看著他，陳晏之掩飾不住眼裡的驚豔之色，認認真真道：「妳今天很美。」

能不美嗎？

柯采依自從答應了他參加陳峭之生辰宴，就知道絕不能以擺攤時的樣子出席。正所謂「人靠衣裝馬靠鞍」，就算她自己不在乎，但也得為主人著想。

所以她帶著弟弟妹妹一起認真挑選了新衣服，再略施粉黛。之前她一直忙著鑽研吃食、擺攤，終日裡素面朝天，從沒有好好打扮一下，這次算是穿越過來後最精緻的一天了。

柯采依是誰？是經歷過現代教育的女子，遇到這種被讚美的情況不會說什麼「哪裡哪裡」，自然是大大方方的回了一句：「謝謝。」

可是聽著陳晏之低啞的聲音，她的臉上也不禁有點發燙。

柯采蓮瞧著姊姊的模樣，奶聲奶氣道：「姊姊妳臉紅了。」

柯采依沒好氣的翻了個白眼，真是個傻妹妹。

陳晏之也被逗笑了，彎腰摸了摸她的小腦袋瓜子。「采蓮今天也很漂亮。」

采蓮笑得眼睛都瞇起來了，幾次接觸下來，她已經不怕這個哥哥了。

柯均書和柯采蓮一藍一粉，領口處都圍著狐狸毛製成的毛領，最近又被柯采依養胖許多，肉乎乎的臉蛋埋在毛領裡，可愛得像年畫娃娃似的。

陳晏之很想和她多說說話，可是現在裡面一堆等著他去招呼的客人，實在脫不開身，便讓阿福帶著他們三個去後院先歇息歇息。

後院很大，假山涼亭池塘應有盡有，院子的一處角落還種著十幾棵梅花樹，此時都已經結了花苞，想來不多時就會綻放。

「汪汪汪。」

柯采依正欣賞著梅花時，一隻渾身雪白的小狗從樹叢裡跑了出來。小狗的毛梳理得整整齊齊，脖子上還掛著一個玉珮，一看就是有主的。小狗也不怕生人，圍著他們幾個一直打轉，還不停的蹭著柯采蓮的褲腳，和她很是投緣。

柯采蓮一向喜歡小動物，一見到這隻雪白的小狗就喜歡得不得了。柯采依見是隻乾淨的小狗，也沒有攔著。柯采蓮對著小狗又摸又揉，玩得不亦樂乎。

一不留神，一人一狗玩著玩著就離開了她的視線。

「采蓮，跑慢點。」柯采依連忙拉著書哥兒的手追了上去，這後院他們三個都不熟，現在人又多，別走丟了。

正在此時，前方拐彎處傳來一道尖銳的女聲。「哪裡冒出來的野孩子！」

柯采依的心沈了下來，加快腳步，一轉彎就瞧見柯采蓮坐在地上，小狗不見了蹤影，而她的面前站著三個年輕的女子。

中間的年輕女子穿著一身玫紅色的華麗襦裙，頭上的金釵就插了三根，身邊跟著兩個丫鬟打扮的人。

「采蓮。」

柯采依快步走過去將柯采蓮扶起，嚇得不知所措的柯采蓮一把抱住姊姊的腰。

「沒事了。」柯采依拍著她的背輕輕安慰著。

穿綠衫的一個女子上前一步，用手指著柯采蓮道：「這野孩子是妳家的？也不好好管著，到處亂跑衝撞了我家小姐。」

「姊姊，是小狗。」采蓮小心翼翼的說道。

柯采依一聽便大概猜到了什麼情況，畢竟是自己家的娃娃有錯在先，她儘量平心靜氣道：「這位姑娘，我妹妹撞到了妳們，的確是我們不對，我代她道歉，但是……」

她停頓了一下，加重語氣道：「再怎麼樣妳也不能推一個小孩子。」

綠衫女子扠著腰說道：「不是妳妹妹追著那隻狗跑，怎麼會害我家小姐跌倒。我家小姐最怕狗了，推了她又怎麼樣，如果那隻狗傷著我家小姐，就不只推一下那麼簡單了，鐵定讓你們吃不了兜著走。」

李湘兒用帕子使勁擦著裙襬上的泥點子，一股氣堵到了嗓子眼，為了今天這個宴席，她可是打扮了好久，費了許多心思，現在全被不知道哪裡跑來的一隻狗和一個野丫頭給毀了。

李湘兒一甩帕子，將綠衫丫鬟推到身後，瞪著柯采依，語氣不善道：「妳知不知我這條裙子有多金貴，是特地請杭州最好的繡娘一針一線親手縫製的，現在髒成這個樣子，我還怎麼見人，妳說怎麼辦？」

柯采蓮被她怒氣沖沖的模樣嚇得瑟瑟發抖。

柯采依瞥了眼她的裙襬，抿了抿嘴角道：「裙子髒了我可以給妳洗乾淨，或者要賠錢也可以。」

「賠錢，妳賠得起嗎？」李湘兒說罷，用審視的目光打量著她。木塘縣貴女圈裡的人她基本都認識，但是從沒有見過這個人，看裝扮也不像是丫鬟。

李湘兒皺著眉頭道：「妳是誰？今天是陳家公子的生辰宴，來的都是有頭有臉的人物，我以前從沒見過妳，妳是怎麼進來的？」

李湘兒鄙視的眼神令柯采依很不舒服，她本來想好好解決此事，聞言眉尾輕輕一挑道：「妳是陳府的主人嗎？不是的話我來這裡與妳何干。」

「好大的膽子。」綠衫丫鬟大聲斥道：「我家小姐可是陳府的表小姐，算半個主人，妳是從哪裡混進來的，想幹什麼？」

柯采依望天嗤笑一聲。「妳說妳是陳府表小姐，我就要信？」想她上一輩子在社會裡摸爬滾打，對這種狐假虎威的人早就見慣了。

李湘兒被她不在意的態度刺激得更來氣了，還從沒有人這麼不把她放在眼裡。她對著綠衫女子尖聲叫道：「翡翠，給我掌嘴，教訓這個丫頭。」她斷定眼前這個女人沒有什麼身分地位，指不定是府裡哪個僕人的親戚，混著進來想蹭一蹭生辰宴的。

「是，小姐。」翡翠得了命令，上前兩步，熟練的抬起手就想往柯采依臉上搧去。

可是她的手還揚在空中，就被柯采依一把抓住，她的手好似被一根鐵鉗夾住了，使出吃奶的勁都無法掙脫，痛得臉都扭曲了。

柯采依對著李湘兒冷聲道：「我不管妳是哪裡來的貴小姐，但是我可不是妳的丫鬟，讓妳隨意打罵。」

說完她甩開翡翠的手，翡翠登時被甩得後退了一步。

她低頭一看，手腕已經紅腫起來，心裡一驚，這個女人的力氣怎麼這麼大？

「沒用的東西。」李湘兒氣急敗壞道：「我自己來，難不成妳還對我動粗？」

柯采依還真不怕她，可是一聲「住手」及時制止了李湘兒的動作。

陳峒之站在路的另一頭，小跑著奔了過來。

李湘兒一見是陳峒之，登時變了個臉色，嘟著嘴討好的叫了聲：「表弟。」兩個丫鬟也立刻給他行禮。

可是陳峒之卻似乎沒有看見她，從她身邊徑直走過，來到柯采依跟前驚喜道：「柯姊姊，你們終於來了，阿福和我說你們到了，我立馬就來找你們了。」

柯采依垂眼微笑道：「剛到沒多久。」

李湘兒不敢相信陳峒之竟然無視她，提高嗓音道：「表弟，你表姊在這兒呢。」

陳峋之這才轉過身，歪了歪腦袋，無奈的打了個招呼。「表姊。」

李湘兒指著柯采依凶巴巴道：「她是誰啊，你們認識？」

陳峋之正色道：「柯姊姊是我請來的客人。」

李湘兒面色不善道：「你怎麼會請這種人來生辰宴，你知不知道剛剛她竟然想對我動粗，還打傷了我的丫鬟。」

柯采依大大的翻了個白眼，這女人還真能顛倒黑白。

陳峋之的目光在李湘兒和柯采依之間轉了轉，一副不相信的口氣。「柯姊姊才不是那樣的人。」

李湘兒著急道：「我沒騙你，她剛剛真的——」

陳峋之舉起一隻手打斷了她的話。「柯姊姊妳來說。」

柯采依斜眼瞥了眼臉拉得老長的李湘兒，三言兩語將事情陳述了一遍。

陳峋之恍然大悟的「哦」了一聲。「就是這麼件小事情啊。」

「表弟。」李湘兒跺了下腳，胸脯氣得一鼓一鼓的。「這怎麼是小事情，到底誰是你的表姊啊，你怎麼可以向著一個外人？」

陳峋之瞪著眼睛沒好氣道：「那表姊還想怎麼樣啊，柯姊姊都已經道過歉了。」

李湘兒聲音小了一點。「可是她毀了我的裙子，待會兒還要出席宴席的，髒成這樣讓我怎麼見人哪？我還沒穿給表哥看呢。」

「洗洗不就好了。」陳峋之吩咐一直跟著他的丫鬟道：「阿玉，妳帶著表小姐去洗洗，實在不行就去找我娘，問她怎麼辦。」

陳峋之說完就拉著柯采依和柯采蓮、柯均書，興沖沖道：「走走，到我的房間去，有好玩的東西。」

李湘兒看著他們頭也不回的身影，咬牙切齒的使勁拽著手帕。

走了一段距離終於看不見李湘兒後，柯采依說出心底的疑問。「剛剛你對你表姊的態度沒問題嗎？」

陳峋之擺擺手不在乎的模樣。「遠房的，我都不知道到底是哪房來的表姊，最近三天兩頭往府裡跑，煩人得很。」

柯采依忍不住又問道：「她是為你哥哥來的吧？」

「好像是吧。」陳峋之不懂大人們的心思，不在意的回了一句，便興致勃勃的和柯均書討論他那裡有什麼好玩的東西。

柯采依低頭暗暗想著，表哥表妹的戲碼真是哪裡都有。

剛走到陳峋之的房前，就聽到了熟悉的「汪汪汪」聲，從剛才一直很萎靡的柯采蓮歡喜道：「是剛剛的小狗。」

果然是剛剛那隻闖了禍就跑得不見蹤影的小狗，從陳峅之房間裡跑出來後就圍著他們打轉。

陳峅之親暱的抱起小狗。「你們剛剛說的小狗就是牠啊，這是我娘養的，叫雪團兒，平素特別淘氣。」

雪團兒被陳峅之抱在懷裡倒是乖巧得很。

「雪團兒，雪團兒。」一個著黃色衣裙的女子叫著小狗的名字，尋了過來，眼見雪團兒正在陳峅之懷裡，長吁一口氣。她福身行了個禮道：「二少爺，原來雪團兒在您這裡啊，夫人正急著找牠呢。」

陳峅之將雪團兒遞給她，囑咐道：「阿珠姊姊，妳這回可得看好了，別再讓牠到處亂跑，剛剛就闖禍了。」

「雪團兒又闖禍了？」

「可不是，剛剛就衝撞了那位李家表小姐，還好沒出什麼大事，不過就是千萬把牠看住了。」

阿珠緊緊抱著雪團兒，笑道：「知道了，二少爺，夫人要我跟您說宴席馬上要開始了，請您趕緊準備妥當，到前廳去，別讓大家等。」

「這就要開始了。」陳峅之嘟了嘟嘴。「知道了知道了，我馬上就過去。」

阿珠走後，柯采依柔聲問陳峋之。「這是你的生辰宴，怎麼你好像不怎麼開心似的？」

陳家自從五年前搬到了木塘縣後，還是第一次如此張揚的辦喜事，城裡有點臉面的人家幾乎家家有人到場，畢竟錯了這次和定遠公攀交情的機會，誰知道下次要等到什麼時候。

正廳前院熱鬧非凡，眾多衣著華麗的賓客三三兩兩湊在一起寒暄，丫鬟僕人忙進忙出。

陳峋之一在前院露面就被他爹喊走了，這是柯采依第一次見到陳晏之兄弟倆的父親陳非，個子不高，溫文爾雅、文質彬彬。

一向歡脫無比的陳峋之一到他爹身邊就變得規規矩矩起來，柯采依遠遠的看著他在親爹的耳提面命下給客人作揖行禮，乖巧得不得了。

此刻她終於知道為什麼明明是他的生辰宴，他卻並不十分開心了。這種被大人支配的恐懼，古往今來的孩子都逃脫不了。

柯采依正想得出神，陳晏之的臉突然出現在她的面前。「柯姑娘，看什麼這麼專注？」

柯采依被小小的嚇到了，眨了眨眼睛道：「沒什麼，只是感慨這生辰宴好熱鬧，你們家的親朋好友可真多。」

陳晏之環顧四周，眼底一片涼意。「大部分只是為了我祖父來攀關係罷了，談不上什麼很深的交情。」

他轉頭對著她微笑說：「走吧，我帶你們入座。」

「表哥。」

就在這時李湘兒一搖一擺的走到他們倆身邊，嘟著嘴撒嬌道：「表哥，原來你在這裡，我找你好半天了。」

李湘兒終究還是換了一條裙子，淺綠色的款式雖然不如剛剛的那條華彩絢麗，但反而更符合她這個年齡的嬌俏。

她偏頭瞪了柯采依一眼道：「真是陰魂不散，怎麼哪裡都有妳？」

陳晏之蹙眉道：「休得無禮。」

「剛剛表弟護著她，現在你也護著她，她到底是誰啊，怎麼你們都這麼上心？」李湘兒不滿的扭著身子，嗓音裡帶著哭腔。

陳晏之無視她的撒嬌。「她是我請來的客人，不得對她無禮。」

客人，客人，客人！

陳峒之也是這麼說的，這個不知道哪裡跑出來的野丫頭害得她精心挑選的衣裳沒有派上用場，現在陳家兩兄弟竟然都袒護她，讓她強烈嫉妒。

可是在陳晏之面前，李湘兒無論如何是不敢放肆的。她的這位表哥發起脾氣來很可怕，上個月她只不過沒有經過允許進入了他的書房，就被他趕回家，大半個月不准踏入陳府。

李湘兒只能暗暗給柯采依甩了個眼刀子，小心翼翼的對陳晏之說道：「表哥，我待會兒可不可以和你坐在一起，今天來的人太多了，好多人都不認識，我有點怕生呢。」

陳晏之不動聲色的挪了兩步，指了指不遠處，沈聲道：「妳爹娘都在那裡，要是怕生，就好好的和他們待在一塊兒，不要到處亂跑。」

李湘兒豈肯就此甘休，繼續撒嬌。「可是姨母說讓我來找你啊，讓你好好照顧我。」

柯采依此刻就像看唱戲一樣看著李湘兒，其實她長得的確不賴，丹鳳眼、櫻桃嘴，撒嬌起來聲音甜膩膩的，她想很多男人可能都無法拒絕，然而陳晏之似乎不吃這一套。

陳晏之不耐的對李湘兒道：「我現在的確沒空，有什麼事情就去找我娘吧。」

柯采依心裡直發笑，不愧是兄弟倆，面對李湘兒沒法子可想，都直接甩鍋給他們的娘。

陳夫人此刻不停的打噴嚏，嚇得丫鬟趕緊給她加了件披風，千萬別又生病了。

陳晏之有點氣結，柯采依居然對李湘兒對他示好的行為毫無反應，甚至像在看戲。

他無奈的搖了搖頭，對著眼前這個讓他鬱悶的女人道：「走吧，裡面給你們留了座位。」

李湘兒聞言又來氣了。「你說沒空管我，可是為什麼有空管她？而且她憑什麼能進正廳裡坐？」

陳晏之真的不耐煩了，冷冷道：「我做的決定不需要妳質疑。」

李湘兒被他冷冰冰的語氣嚇得不敢回話。

「表小姐。」柯采依特地加重了這三個字的語氣，接著咧了咧嘴角道：「我就先進去了，告辭。」

看著她吃癟的表情，心情真是愉悅！

當然柯采依也沒有和陳晏之坐一桌，他坐的自然是最中間的主桌，除了知縣和李老以外，其他的全是她不認識的人。

而她坐的這一桌也有個熟人，就是上回品味會擔當評審的扇子男。

扇子男特地換了個位子坐到柯采依身邊，依然不忘晃著他那騷包的白扇子，笑嘻嘻道：「柯姑娘，上回沒來得及和妳自我介紹一下，在下姓向，單名一個影字。」

柯采依笑著頷首。「向公子，你好。」

向影滿臉好奇。「那兩個蘿蔔頭是妳的孩子？」

柯采依向上翻了個白眼，無語道：「這是我的弟弟妹妹。」

向影把扇子往手心一拍，打哈哈道：「誤會誤會，我就說妳怎麼可能有這麼大的兒子女兒。」

他忽然用扇子半遮面，湊到她跟前小聲道：「妳和陳家什麼關係，為什麼妳能坐到正廳裡？」

柯采依反問道：「那你又和陳家是什麼關係？」

向影坦然道：「向家和陳家有生意往來，妳別轉移話題啊。」

柯采依努了努嘴。「就是朋友關係了。」

向影一副妳在逗我的表情。

柯采依看向主桌，陳晏之和陳岏之坐在一塊兒，最中間還空著三個位子沒人坐，那應該是定遠公和陳非夫婦的座位。

「定遠公到。」不知道誰喊了一聲，所有原本坐著的人都站起身迎接，柯采依也連忙拉著弟弟妹妹站起來。

柯采依坐著的位置只能看見側面，只見一個穿一身淡青色長袍的鶴髮老人，拄著枴杖慢慢的走進正廳，邊走邊不停點頭和眾人寒暄，身後跟著兒子陳非和他的妻子。

咦？柯采依眉頭緊鎖，總感覺好像在哪裡見過那根枴杖。

就在此時，那位昔日的建威大將軍轉頭看向了他們這一桌。

柯采依瞪大了雙眼，竟然是他！

那位連續五天光顧她食檔的老人家。

陳老將軍怎麼會到她的食檔吃東西呢？柯采依心裡此時冒出了一連串的疑問。

他明顯也發現了柯采依，表情似乎一點也不吃驚，還對她微微頷首笑了笑。

向影看見了陳老將軍的眼神，對柯采依的好奇又多了一分。

陳老將軍和兒子兒媳婦走到最中間的位置，他雖然已年過花甲，但是說起話來還是中氣十足。「今日老夫要多謝各位百忙中抽空參加我孫子的生辰宴，這個宴席沒有別的目的，就是希望各位吃好玩好。」

陳老將軍說話時，全場肅穆，連知縣大人都雙手交握在前，一副畢恭畢敬的模樣。陳老將軍雖然因為被皇帝忌憚，隱退到這個縣城，但是有著定遠公的封號，和常年征戰沙場的武將氣勢，沒有人敢對他不敬。

場面話說完後，宴席就開始了。

柯采依按捺住心裡的震驚，想著有機會找陳晏之問問怎麼回事吧。現在她的目光專注在一桌子琳琅滿目的菜餚上，看得眼都花了。有燕窩溜鴨條、雞絲翅子、鶴子水晶膾這樣的奢侈名菜，也有紅燒肉、三鮮豆腐等這樣的家常菜。此外，清蒸鮑魚、乾燒海參和油燜大蝦等海鮮也一一端上桌，看來陳晏之從東海運回來的海貨充分發揮了用處。

天上飛的，地上走的，海底游的，可謂是應有盡有。

一說開席後，向影不改他的吃貨本色，立刻開動，嚥下一個多汁的鮑魚後滿足道：「老實和妳說，要不是為了嘴上這一口，這種無聊至極的宴會我才懶得來呢。不過我還是很想再吃一次妳做的毛血旺，還有布袋雞，那滋味老難忘了。」

聽到這樣的恭維，柯采依心裡也是喜孜孜的，笑道：「好啊，等我什麼時候有了自己的餐館，你一定要來捧場。」

「說定了。」

柯采依一邊嘗著美味的菜餚，一邊還琢磨著這裡的廚子是怎麼做的，很多菜餚的古法是她從沒有接觸過的，比如那道燕窩溜鴨條入口清甜滑嫩，一絲絲鴨肉的腥味都沒有，一上桌沒幾下就被賓客分完了，她很想找這道菜的廚子切磋切磋。

柯采依吃著飯心裡還想著菜譜，正入神時，與她隔了一桌的地方突然傳來一陣騷動聲，其中夾雜著尖叫聲。

「來人，救人啊！」

陳晏之聽到動靜，立馬起身快步走了過去，不一會兒就聽見了他沈穩的聲音。

「阿福，快去請大夫過來。」阿福連忙轉身小跑著去找大夫。

要找大夫？柯采依有點坐不住了，站起身來，卻被幾個人擋住視線，只隱隱約約看見有人趴在桌子上，她叮囑柯采蓮和柯均書待在座位上不要亂跑，也走了過去。

向影一揮扇子，有熱鬧豈能少了他。

柯采依一過去就瞧見一個少女半伏在桌子上，嘴裡呻吟著：「娘，我好難受。」

「小柔妳這是怎麼了啊？」一個婦人輕輕拍著她的背部，聲音都在發抖。「別嚇娘啊。」

小柔掙扎著抬起頭來，呼吸急促，隨即癱軟在她娘的懷裡，呢喃道：「娘，我頭暈得很，肚子好痛好痛。」

少女看起來不過十五、六歲的年紀，她一手按著太陽穴，一手摸著腹部，微微閉著雙眼，臉色慘白，不時還出現乾嘔想吐的症狀。

小柔她娘把女兒摟在懷裡，急得眼淚直掉。「陳公子，這可如何是好啊？」

陳晏之這會兒能做的也只是安定她的情緒。「夫人別著急，我已經派人去請大夫了，馬上就來了。」

這時不知道是誰高聲喊了一句。「不會是菜裡有毒吧，這明顯就是中毒的跡象啊！」

一石激起千層浪。

有毒！那還得了！

在場客人的筷子頓時停在空中，誰也不敢再吃桌上的東西了，心裡都害怕得緊。

陳晏之緊緊抿著雙唇，為了不讓恐慌的氣氛蔓延開來，低聲吩咐道：「來人，先把小柔姑娘扶到裡面去。」

「讓我過去一下，謝謝。」柯采依清脆的聲音打破了緊張的氣氛，她擠開人群，拍了下陳晏之的背。

陳晏之轉過身來，柔聲道：「妳怎麼過來了？」

「我來看看能不能幫上忙。」柯采依目光掃了一遍小柔姑娘剛剛坐的位置，看到她面前碗裡的菜色，柯采依心裡有點數了。

陳晏之不明所以，她又不是大夫，能幫得了什麼忙？

柯采依朝小柔姑娘離去的方向走去，邊走邊說：「走吧，我們過去看看。」

正廳後面就有一張臥榻，小柔躺在上面，她娘緊握著女兒的手，心急如焚。此時望見一個沒見過的姑娘跟著陳晏之走進來，急切的問道：「姑娘，妳就是大夫嗎？快來救救我女兒。」

「我不是。」柯采依抱歉的搖了搖頭，接著道：「但是這個症狀我以前見過。」剛剛她就覺得小柔的症狀很熟悉，這的確很像食物中毒，不過為了以防萬一，她還是想問清楚些。「小柔姑娘，妳剛才有沒有吃那道桃仁木耳？」

小柔還沒有失去意識，昏昏沈沈的，聽到她的話後便點點頭。

小柔她娘緊跟著附和道：「有有，我女兒她很喜歡吃黑木耳，所以那道菜大半都是她吃的。」

陳晏之一直在一旁聽著，這下也察覺到了問題，便道：「怎麼，那道菜有問題？」

柯采依點點頭，嚴肅道：「最好讓大家先別吃那道桃仁木耳了。」

陳晏之沒有問為什麼，直接吩咐僕人趕緊通知下去。

柯采依不敢耽誤，接著又說：「陳公子，我現在需要一壺溫開水、鹽、空碗還有一個痰盂，再叫人去馬上煮點薑湯。」

陳晏之使了個眼色，隨侍在旁的丫鬟趕緊準備她需要的東西。

小柔肚子實在疼得厲害，腦袋裡像一團漿糊，大冬天額頭直冒冷汗。

柯采依握著她的手，不停安慰道：「沒事，沒事的。」

丫鬟很快就拿來了所有的東西，柯采依沖了一杯鹽水，遞到小柔嘴邊，輕聲道：「小柔姑娘，妳現在必須把肚子裡的東西吐出來，喝這個鹽水能催吐。」

小柔感覺頭越來越沈重，眼前這個少女她並不認識，可是聽著她鎮定的語氣，卻莫名覺得可靠。她就著柯采依的手，皺著眉咕嚕咕嚕將鹽水一口氣喝了下去。

鹽水一進喉嚨，她立馬難受得乾嘔了兩聲，卻還是吐不出來。

一碗沒有效，柯采依又沖了一碗。小柔接連喝了三碗淡鹽水，終於伏下身子哇哇的狂吐，拿來的痰盂也派上用場。

柯采依讓她用溫水漱了漱口後，又把煮好的薑湯給她服下，前前後後花了不到片刻的功夫。

小柔喝完溫熱的薑湯後，整個人放鬆下來，頭暈目眩和腹痛的情況大大減輕了，她微微喘著氣。「娘，我感覺好些了。」

小柔她娘聞言雙手合攏道：「謝天謝地啊，喔不對，還要多謝姑娘。」

柯采依認認真真道：「現在也只是緩解她的痛楚，關鍵還要等大夫來。」

說曹操，曹操就到。

大夫跟在阿福的屁股後面，腳步匆匆的趕來。

柯采依連忙讓開位置，並將瞭解的情況告知大夫。「她是食物中毒，吃了泡發太久的黑木耳，我剛剛已經給她催吐，將吃下去的東西大部分都吐出來了，接下來請大夫診治。」

陳晏之以為柯采依的幫忙是說說而已，沒想到她真的有兩手，緩解了小柔姑娘的痛楚，甚至連怎麼中毒都說出來了。

他偏過頭問她。「為什麼木耳泡發太久會有毒？」

柯采依牽了下嘴角，認真的科普道：「乾木耳或者銀耳之類的食物，不宜泡發太久，不然會滋生細菌，呃就是一種毒素，輕則上吐下瀉，重則要人性命。一般來說泡發一個時辰左右就夠了，最好是什麼時候想吃就什麼時候泡。其實不只木耳、銀耳，很多乾貨類的食物都不宜泡發太久。」

柯采依作為一個美食愛好者，不僅會吃會做，多多少少也要知道這些雜七雜八的食物禁忌。

看著大夫正在給躺在臥榻上的小柔姑娘把脈，心有餘悸道：「還好小柔姑娘吃得不是很多，又及時吐了出來。」

陳晏之還是第一次聽到這樣的說法，凝望著柯采依真誠的雙眸，他的心裡沒有絲毫懷疑。

他沒有懷疑，其他人可就不一定了。

比如，不知道什麼時候走進來的李湘兒，就用大家都聽得見的聲音說道：「妳又不是大夫，怎麼確定是木耳有毒？」

李湘兒就是看不過去，表哥對這女人與眾不同也就罷了，這種場合她也想出風頭，作夢。

「可是大家都看到了，小柔姑娘用了柯姑娘的方法後好了很多，這妳又怎麼說？」向影搖著扇子，斜睨著李湘兒，一臉不苟同。

李湘兒氣極，怎麼又冒出來一個為她說話的？

柯采依聽了李湘兒的質疑，並不生氣，畢竟這個時代還沒有微生物污染會導致食物中毒的觀念。

大夫診斷完後，站起來朝陳晏之說道：「陳公子，這位姑娘的確是吃了不潔的食物中了毒，多虧及時催吐，吐出了大部分的毒物。現在她脈象平穩，待會兒我開個解毒的藥方，吃上幾日應該就沒事了。」

李湘兒眉頭緊鎖，依然不服氣，不依不饒道：「還是不能證明她就是對的，也許、也許小柔姑娘吃壞了別的東西呢。」

柯采依瞥了她一眼，聲音平靜道：「不然可以把廚子叫來問一問？」

「去叫。」陳老將軍不知道什麼時候站在門口，他一出現，屋內立刻安靜下來，李湘兒低著頭不敢再嚷了。

第二十一章

不一會兒，陳山就帶著一個胖胖的中年男子來到了大家面前。

陳晏之站在臺階上，壓著聲音道：「嚴師傅，今兒這宴席是你做的吧？」

嚴大嘴本來聽說前面院子有人吃了他做的菜出現中毒跡象，正著急得很，這一來就看見老太爺和大公子兩位主子在場，心裡更是不停打鼓。他嚥了口唾沫道：「回大公子，大部分都是我做的。」

「那道桃仁木耳也是你做的？」

「是的。」

「木耳哪裡買的？」

「西市李家送上門的，一向都是他們家給咱們府裡送菜，這次宴席上要用的食材也是他們家的。」

「送過來的是乾木耳嗎？」

「是啊。」

「那木耳泡了多久？」

「泡了一天，我擔心做菜忙不過來，所以昨天一早就開始提前備菜，應該就是那會兒開始泡的。」嚴大嘴一頭霧水，難道是這道菜出了問題，不應該啊，這是個很簡單的涼菜，食材也是常見的。

還真的被她說中了，陳晏之又道：「你知不知道木耳泡發太久有毒？」

「什麼！」嚴大嘴驀的抬起頭，驚訝道：「有這等事？我以前從來沒聽說過啊！」

柯采依走上前去，將剛剛的解說又對著他說了一遍，最後補充了一句。「木耳吃了對人體有好處，但就是要注意剛才說的那點問題。」

嚴大嘴一副彷彿打開了新世界大門的模樣，突然反應過來，也就是說，的確是他做的菜出了問題，連忙跪倒在地。「老太爺，公子，我真的不知道這樣會中毒啊，我真不是有意的。」

「你先起來。」陳老將軍發話道：「你的人品我是相信的，後廚不能沒有大廚，你先回去，此事稍後再議。」

這個廚子在京城時就一直跟著他，他們一家搬到木塘縣，他也跟著來了。十多年來為陳府做飯，忠心耿耿，他不相信嚴大嘴會背叛他。而如果有人想害他們一家，那也應該是給他們下毒，而不是一個來做客的小姑娘。

嚴大嘴走後，陳老將軍正色對柯采依道：「小姑娘，老夫相信妳說的是真的。但為什麼在場那麼多客人，怎麼就小柔姑娘一個人倒下了？」

柯采依笑了笑，道：「因個人體質不同，有的人身體強健可能就沒事，小柔姑娘體弱，吃得又多，就中招了。雖然現在就她一個人身體不舒服，為了謹慎起見，我還是建議吃過這道菜的人都請大夫瞧一瞧。」

陳老將軍不住的點頭，看著她的目光越發欣賞。「說得有理，陳山你馬上去安排。」

交代完後，陳老將軍轉身往遊廊走去，走之前對柯采依說了一句。「丫頭，陪我這個老頭子走走吧。」

柯采依聞言和陳晏之對望了一眼，兩個人眼裡滿滿都是疑惑，後者輕聲道：「妳和我祖父怎麼感覺早就認識？」

柯采依嘆了口氣道：「這個待會兒再說。」

她眼見老將軍走上了遊廊，趕緊追上他的步伐，陳晏之放心不下，也跟了上去。

李湘兒靠著門框，注視著陳晏之和柯采依並肩離去，眼睛裡陰沈一片。

「嘖嘖，好一對才子佳人，有些人的如意算盤打不著了。」向影搖著扇子晃晃悠悠的從李湘兒身邊走過，輕飄飄留下這麼一句。

李湘兒心裡更加堵得慌了。

柯采依並不知道自己已經成了李湘兒的眼中釘，正拘謹的跟在老將軍身後。

陳老將軍沒有回頭就知道柯采依和陳晏之都在身後，走到涼亭的位置，停下來說道：「小姑娘，老頭子幾天沒去妳的食檔，對酸辣粉實在想念得緊啊。」

果然是你。柯采依臉上不動聲色，保持微笑著說：「老將軍要是想吃，可以隨時到我的食檔去。」

陳老將軍轉頭對著她道：「妳都不好奇我為什麼會去妳那裡吃東西嗎？」

柯采依歪頭笑道：「說實話，剛在宴席上看到您時，的確有幾分驚訝，可是後來我想了想，將軍也是人啊，也會上街吃東西，所以也沒什麼好奇怪的。」

「哈哈哈。」陳老將軍朗聲笑了起來。「我就喜歡妳這分坦蕩。」

陳晏之總算聽明白了，驚訝道：「原來祖父去過妳的食檔，什麼時候的事情，我竟完全不知道。」

「你當然不知道了。」陳老將軍瞥了陳晏之一眼，心裡默默念叨著就是特意避開你去的。

柯采依抿著嘴角，想了想說道：「將軍對我今天出現在生辰宴上，似乎也是一點都不驚訝。讓我猜一猜，是不是和陳公子有關？」

陳老將軍用欣賞的口吻說道：「丫頭果然聰明。」

陳晏之的視線在這一老一少之間打轉，這兩人在他不知道的時候有了交集，現在居然又當著他的面打啞謎，聽他們剛才的話，祖父早就知道他和柯采依的來往了？

陳老將軍沒有理會孫子的疑惑，右手大拇指摩挲著枴杖頭，和顏悅色道：「今天這事還要多謝妳及時幫小柔姑娘催吐解毒，杜絕了一場悲劇。」

柯采依不敢邀功，撓了撓太陽穴道：「我只是略盡綿薄之力罷了，也沒做什麼。」

陳老將軍滿意的點點頭，含笑道：「回前廳去吧，還有一大堆客人等著呢。」

「是。」陳晏之連忙上前攙扶著祖父，邊走邊回頭朝柯采依挑了下眉，待會兒可要好好問她到底是怎麼回事。

萬幸宴席上好菜好酒太多了，客人們忙著吃那些山珍海味都來不及，像桃仁木耳這樣的家常菜，多數都還沒來得及動筷子。稍微吃了幾口的客人，大夫都給他們各個把脈，倒也沒什麼要緊。

陳老將軍回到席上後，又向一眾客人當面致歉，大意無非就是後廚準備的食材不當，小柔姑娘已無大礙，叨擾了大家的興致，希望大家不要介意云云。

客人們則紛紛擺手喊著「不介意」、「無妨」等，誰會和陳府置氣呢，再說中毒的又不是他們。

於是大家又熱熱鬧鬧的吃了起來，彷彿什麼事情都沒發生過一樣。

酒足飯飽後，眾人紛紛告辭，柯采依牽著弟弟妹妹本也想隨人流離開，她掃視了一遍正廳，卻沒有找到陳晏之的身影。

這時，小壽星陳峒之突然跑了過來，拉著她的手道：「柯姊姊，哥哥說妳帶了禮物給我，是很好吃的東西。」

柯采依捏了捏他胖嘟嘟的小臉，笑嘻嘻道：「對呀，你的生辰我怎麼能不準備禮物呢，可是我來的時候已經交給你哥哥了呀。」

「我知道我知道。」陳峒之歪著頭撒嬌道：「我就是想讓柯姊姊還有均書、采蓮留下來陪我一起吃，好不好？要不然等一下你們都走了，又只剩我一個小孩子，好沒意思。」

柯采依有點為難，大家都走了，她留下算個什麼事啊。

「柯姑娘，妳就留下來陪陪峒之吧。」陳夫人輕柔的聲音響在耳畔，她眼帶笑意的說道：「他從吃飯開始就一直吵著要我多留你們一會兒，以前從沒有過。」

陳峒之拍著柯均書的肩膀，一本正經道：「是不是好兄弟？是的話就多陪我一會兒吧。」

柯均書其實也很想和陳峒之多玩一會兒，而且又是這麼大、這麼豪華的宅子，他以前從沒見過，便睜著圓圓的眼睛望著姊姊，透露出渴望的神色。

柯采依沒辦法，鬆口道：「好吧，那我們姊弟仨就多叨擾一會兒了。」

陳峋之樂得蹦起來，立刻拉著柯均書和柯采蓮的手就往內院跑去。

「小心點，別摔著。」陳夫人抿著嘴角搖了搖頭，輕輕一笑道：「我這個兒子就是太鬧騰，一刻都閒不下來，柯姑娘別見怪。」

柯采依含笑道：「怎麼會，峋之很率真，也很懂事，是夫人教得好。」

陳夫人越看柯采依越滿意，小兒子今天在她耳邊念叨了好幾次「柯姊姊人很好」、「柯姊姊做的東西最好吃」之類的，能讓這個小魔頭這麼喜歡的人可是不多。

更重要的是，柯采依還是陳晏之邀請來的，她那個一向不近女色的大兒子居然會主動邀姑娘來家裡，這真是高高吊起了她的好奇心。

剛剛小柔中毒，廳裡一片亂糟糟，她也沒顧得上仔細瞧瞧柯采依。這會兒一見，真是個美人胚子，懂得還多，一眼就能發現小柔是因為木耳中毒。

她越看越覺得這姑娘不像個鄉下女子，舉止落落大方，倒似個大家閨秀。

陳夫人親親熱熱的拉著柯采依的手道：「走，咱們跟著去瞧瞧，別叫那渾小子闖出什麼禍來才好。」

柯采依臉上面無表情，心裡波濤洶湧，陳家人都這麼好客的嗎？

兩人隨著三個娃娃的腳步去了內院。

柯采依進去的時候，三個娃娃正圍著桌子。

定遠公的孫子過生辰場面夠大，桌子上、躺椅上堆滿了各式各樣的禮盒。陳峋之乾脆半跪在椅子上，眼睛緊緊的盯著她帶來的食盒。

陳峋之笑呵呵的不停招手。「娘，快來快來，書哥兒說是特別好吃的點心，咱們一起打開。」

陳夫人的聲音輕柔似水，連呵斥都那麼好聽。「瞧你急得這樣子，半點規矩都沒有，趕緊下來，不要叫人看笑話。」

陳峋之努了努嘴，還是乖乖的爬下椅子。

「咱們可以打開了吧。」陳峋之摩拳擦掌，早就等不及了。書哥兒在他耳邊念叨了好幾遍說這是他見過最漂亮的糕點，可把他的好奇心吊得老高了。

「當然，這是送給你的禮物，由你作主，你想什麼時候打開就打開。」柯采依搖著頭，寵溺的笑了笑。

陳峋之眨了眨期待的眼睛，輕輕揭開食盒蓋子，他探頭一看後，情不自禁發出一聲驚呼：「哇！好漂亮。」

「真是漂亮，柯姑娘，這是什麼點心？我從沒見過。」陳夫人隨陳非四處遊歷，什麼流行的點心沒有嘗過，但是真沒見過這個樣子的點心。

一揭開蓋子，撲鼻而來的清甜奶香，圓圓的點心白白綿綿，像極了天上的雲朵，上面擺著新鮮的水果片，精緻得好像藝術品。

「夫人，這叫做生日蛋糕。」

陳夫人嘴裡讚嘆聲不停。「這蛋糕還是頭回聽聞，今天我是大開眼界了，這麼精緻怎麼捨得下嘴呢？」

「祝陳峒之生辰快樂。」陳峒之喃喃念了遍上面的字，笑得眼睛瞇起來。「我要吃，我現在就要吃。」

「這是我寫的。」柯均書拍了拍胸脯。

「小哥兒好厲害。」陳夫人發自內心的喜歡這三姊弟。

柯均書有點害羞，可是胸脯挺得更高了。

「柯姊姊，我現在就要吃，好不好？」陳峒之很想下手，可是這麼一大塊生日蛋糕，不像以前吃過一小塊一小塊的點心，一時之間真不知道如何下手。

「又要吃什麼？」一道爽朗的男人聲音傳了進來，柯采依偏頭一看，就見陳晏之和他的父親陳非相伴走了過來。

陳夫人迎了上去，笑道：「老爺，我們正在聊柯姑娘帶來的這道生日蛋糕呢，真真是漂亮極了。」

「生日蛋糕？市面上新出的點心嗎？以前沒聽過啊。」陳非扶著夫人的腰，好奇的問。

柯采依第一次近距離見陳非，連忙福了福身，道了聲好。

陳非笑著打量了她一遍。「妳就是這臭小子大清早就念叨的柯姊姊？」

柯采依抿著嘴角笑了笑，抬眸卻和陳晏之的視線撞了個正著，他勾起嘴角朝她微微頷首，柯采依忙低下頭。

陳夫人捕捉到了這短暫的視線交會，臉上露出似笑非笑的神情。

「柯姊姊妳還沒說怎麼吃呢？」陳峋之高聲嚷著，頓時讓所有人的注意力回到他的身上。

「很簡單。」柯采依對隨侍在旁的丫鬟說了幾句，丫鬟按照她的要求拿來了小刀、碟子和小勺。

她將小刀遞給陳峋之，笑了笑，說道：「小壽星，蛋糕由你來切，你想分給幾個人就切幾份。」

陳非插了一句道：「給你祖父算上一份。」

陳夫人問道：「對了，爹怎麼不一起過來，前廳還有客人？」

「爹的老毛病妳又不是不知道，今兒走來走去他的腿有點受不住，早早回屋休息去了。」

陳夫人聞言叮囑陳岍之。「給你祖父切大份，待會兒你親自給他送過去。」

「好。」陳岍之平素調皮搗蛋，還愛吃，但是有一點好，就是很大方。他認真的數了數在場的人，包括柯采依三姊弟在內，接著小心翼翼的按照人數切開了蛋糕。

陳岍之分好蛋糕後迫不及待嘗了一口，奶油霜入口即化，細膩滑嫩，蛋糕胚綿軟清甜，蛋香味充盈在舌尖，水果片的清爽多汁，沖淡了一絲甜膩感。

「好吃，唔，太好吃了。」陳岍之嘴裡來不及嚥下去，就急急嚷著。

陳非神色複雜，以往他是最不愛吃這些甜膩的小點心，覺得只有婦人娃娃才會吃，大老爺們怎麼能吃這勞什子點心，可是如今眨眼間半塊蛋糕就進了肚子。

陳夫人裝作沒看見丈夫微窘的樣子，對著柯采依笑得更親切了。「柯姑娘，我真想和妳學一學這生日蛋糕怎麼做，但是我知道這是妳獨家的吃食方子。」

「謝謝夫人諒解。」柯采依心裡鬆了一口氣，她還真是打算以後將蛋糕拿出來賣。

「我以後能不能叫妳采依？」

「當然可以了，夫人。」柯采依嘴角彎了彎。

「采依，妳長得這麼漂亮，又心靈手巧，我覺得咱們特別投緣，不如我認妳做乾女兒吧。」陳夫人笑盈盈的說著似乎一件很平常的小事。

陳非停下手裡的勺子，不明所以的看了眼自己的娘子。

柯采依眨了眨眼睛，確認自己沒聽錯後，忙用抱歉的語氣道：「這不好吧夫人，我出身貧寒，實在高攀不起。」才剛剛認識，就要認乾女兒，這與她想像中的名門望族有點不太一樣啊。

陳晏之蹙眉沈聲道：「娘，您又出什麼瞎主意，柯姑娘第一次到咱們府裡做客，別嚇著人家。」

「我這是好意嘛，我是真心喜歡采依。」陳夫人瞥了陳晏之一眼，轉了轉眼珠道：「我想認了乾女兒以後，她就可以常常來府裡陪我了。你們兩個臭小子成日裡不著家，我想找個伴很難理解嗎？不當乾女兒可以，或許可以當別的？」

陳晏之連忙輕輕咳了一聲，使了個眼色讓她不要再說。

柯采依算是對這個陳夫人徹底改觀了，本以為她是個柔柔弱弱的豪門貴婦，沒想到思維如此跳脫。

陳夫人被自己兒子瞪了一眼後，倒是沒有再說這個話題，而是對她越發親熱起來。

柯采依尷尬的笑了笑，如坐針氈的吃完了手裡的蛋糕。

馬車咯吱咯吱的行駛在出城的路上。

柯采蓮和柯均書鬧騰了一天也累著了，靠在馬車裡的軟枕上睡得香甜。柯采依輕手輕腳的給他們蓋上毛毯，把爐子往他們那兒挪了挪。

冬天天黑得早，雖然才傍晚時分，外面已經暗了下來，馬車裡已經點上了油燈。陳晏之坐在柯采依的對面，在昏黃的燈火下，他稜角分明的五官被搖曳的燈火晃得柔和起來。

柯采依無意識的擺動著手指頭，咬了咬下唇道：「陳公子，謝謝你特地送我們回去。」

「妳我認識已有一段時日了，不需要這麼客氣。今兒要不是峋之拉著不讓你們走，你們也不會耽擱到這麼晚，於情於理我都要將你們安全送到家的。」陳晏之盯著眼前少女的嬌顏，聲音不自覺軟了下來。

「其實不止這一件事。」柯采依真誠的望著他的眼睛。「以後陳公子有什麼需要我幫忙的，我一定在所不辭。」

原主父母雙亡，柯采依穿過來就接手了一個爛攤子，身邊連個可以幫襯他們的親戚都沒有。有時候覺得自己很堅強什麼都不怕，但說到底她也不過是十四歲多的小姑娘而已，心裡也會發慌。陳晏之為她做的事，她現在還沒有能力回報，但是她都一一記在心裡。

「以後直接叫我的名字吧，別公子公子的了。」也許氣氛的原因，陳晏之說著說著忽然湊近了柯采依。

「那我叫你陳大哥吧。」柯采依撇過頭回了一句，心裡猛的跳了跳。

陳晏之瞅著柯采依紅紅的耳尖低聲笑了笑，又端正身子，暗道不能操之過急，「陳大哥」總比陳公子更進一步。

他開口問道：「現在天氣這麼冷，還要出攤嗎？」

「不了，沒幾天就到除夕了，我打算這幾天好好準備一下年貨，過個好年。」柯采依給采蓮壓了壓被掀起的毛毯。

「只有你們三個人過年？」陳晏之有點心疼。

「對，我們姊弟三個就夠了。」柯采依以前常常是一個人過年，早就習慣了。

「其實……」

陳晏之話沒說完，柯采依似乎感應到什麼，一把撩開簾子，驚呼道：「啊！下雪了，陳大哥，下雪了。」

她伸出手接著了幾片雪花，興沖沖的舉給陳晏之看。

望著柯采依亮晶晶的眼神，陳晏之剛剛的那點心疼頓時消散了，這個女人不需要他的心疼和憐憫，她就像風雪裡頑強盛開的梅花一樣堅韌，眼前的難關對她來說也許根本不算什麼。

「真的很美。」陳晏之盯著柯采依，眼神熾熱得像兩團火苗。「今晚雪色很美。」

這場雪一連下了兩天。

剛入冬時柯采依就在家裡準備好了暖爐、厚棉被、棉衣，要不然在這沒有暖氣的地方，冬天的日子太難捱了，那股子濕冷真的可以滲入骨頭。

下雪的這兩日柯采依哪裡都沒有去，就在家裡支起爐子，吃起了火鍋。鍋裡翻騰著熱辣辣的湯底，周圍一圈擺著羊肉、毛肚、紅薯粉、蘿蔔片，還有陳晏之送來的各式海鮮乾貨，用蒜蓉、辣油、芝麻和蔥花調了火鍋蘸醬，豐盛得很。

姊弟仨在一起吃飯沒什麼講究，腳底下蹬著火爐，圍著桌子吃火鍋。

兩人愛吃大海蝦，柯采依給他們剝好放入碗裡，一口一個，腮幫子鼓起來，像倉鼠似的。

鮮嫩的羊肉不羶不腥，自己做的紅薯粉入鍋滾沸片刻，便成透明色，浸透醇厚的湯汁，吸溜一下入口，柔滑勁道，甚是滿足。

外面風雪交加，裡面熱氣騰騰，有一種安全感。

好不容易等雪小了，柯采依駕著驢車去縣城採買了一堆年貨，各種食材、零嘴、鮮果、鞭炮、對聯、年畫樣樣不少，還有臨出門前就答應弟弟妹妹一定會買的新衣服。

在成衣店左瞧瞧右瞧瞧，她忍不住也給自己買了兩套新款式的衣裙。

現在手頭寬鬆了，可不能虧待自己。

轉眼就到了過年，這不僅是她來到這個世界的第一個除夕，也是柯采蓮和柯均書第一個沒有父母在旁的除夕。

她早就習慣了一個人過任何節日，但是兩個娃娃還小，少不得會思念娘親，為了沖淡這種氣氛，她需得把這個年過得熱熱鬧鬧的。

柯采依一大早就帶著弟弟妹妹，把家裡前前後後打掃了一遍，雞窩和驢圈也換上了乾淨的稻草，還用糯米粉加水熬了麵糊糊，帶著兩小貼對聯和年畫。

兩個小娃娃一年之中最期待的就是過年了，因為在以前只有在過年的時候才能痛痛快快吃頓肉，換上新衣服。雖然現在跟著姊姊，每天都有肉吃，但是對過年的期待並沒有降低。

雖說只有三個人，但是年夜飯不能含糊，過節的儀式感還是要有的。

柯采依特地準備了小雞燉蘑菇、薑爆鴨、清蒸魚、紅燒肉，湊齊了「雞鴨魚肉」。

又從陳晏之送的海貨裡挑出鮑魚和干貝，用雞湯燉煮，加入一把枸杞，小火慢慢燉上一個半時辰。

還有代表著「年年高」的年糕自然也不能少，她沒有用傳統的蒸年糕，而是將厚厚的年糕切成細條，裹上雞蛋糊，下油鍋炸。炸好的年糕澆上一層紅糖汁，綿軟香甜，咬一口還能拉出絲來。

柯采蓮和柯均書聞到炸年糕的香味，噔噔噔三兩步跑到柯采依身邊，眼裡滿滿都是渴望。

柯采依輕笑了一聲，便用竹籤一人串了兩根年糕，給他們在飯前解解饞。

最後她又炒了兩道時蔬，加上滷味拼盤，九道菜依序在桌上排列得整整齊齊、滿滿當當，這才有過年的氣氛嘛。

年夜飯開始之前，柯采依拿出鞭炮，掛在屋簷下面一個平時用來掛籃子的鉤子上。上輩子城市裡禁止放鞭炮，柯采依也是多年沒有幹過這事了。記得小時候貪玩，學別人玩鞭炮，點著了卻沒有及時扔出去，當時就炸得大拇指整個又紅又腫，小半個月才消腫。雖然她現在手上有兩下功夫，但對於點鞭炮還是免不了心裡有點發怵。

然而現在她不點，也沒其他人能點了。

她想了想，找了根長長的細棍子，一頭點著火，兩個孩子躲在門背後，捂著耳朵，探出半邊臉，緊張的望著姊姊。

柯采依深呼一口氣，人站在門檻裡面，拿著棍子的手臂伸得遠遠的，細棍子有火的那頭一碰到鞭炮的導火線，她立馬轉身跑回屋裡。

噼哩啪啦的聲響不斷，短短一節鞭炮很快就放完了。柯采蓮和柯均書歡呼著蹦來蹦去，柯采蓮不禁咧嘴笑了起來，鞭炮一放，年味頓時就起來了。

鞭炮放完，柯采依姊弟三人終於可以坐下來吃年夜飯了。

柯采依給兩人盛了臘腸燜飯，晶瑩剔透的大米飯混著一片片暗紅色的臘腸，還沒有入口就聞到濃濃的鹹香味，吃進嘴裡，每一粒米都滲透了臘腸的味道。

自家養了大半年的公雞和蘑菇一起燉，菌菇的香味飄滿整個屋子，雞肉燉得軟爛，再喝一口濃郁的湯，整個人從裡到外都暖和起來了。

柯采依特地留了兩隻完整的雞腿，兩個娃娃一人一隻。

柯均書看著碗裡的大雞腿，再瞅了瞅姊姊碗裡卻沒有，笨拙的挾著雞腿道：「姊姊，給妳吃雞腿。」

柯采依連忙按住他的筷子，笑了笑，道：「雞腿是小孩子才要吃的，吃了能長得高高壯壯，姊姊是大人，不用吃了。」

是這樣嗎？柯均書有點懷疑，他年紀小，以前過年也沒有印象了，不過姊姊說是就是吧，於是他便拿著雞腿愉快的啃了起來，真香！

柯采依吃了個半飽後，給自己斟了杯米酒慢慢品著，兩個小孩當然沒份了，不過他們也顧不上這個，一桌子菜都吃不過來了。

吃完飯後就是守歲了，這兒也沒什麼消遣，柯采依索性搬了個小桌子放在床中央，上面擺著瓜子、核桃、柿餅等零嘴，姊弟仨蓋著厚厚的被子，邊吃邊講故事。

柯采依絞盡腦汁把以前看過的童話故事翻了出來，什麼《十兄弟》、《人魚公主》等中外大雜燴，兩人哪裡聽過這種故事，豎起耳朵聚精會神，聽到可怕處就緊緊貼住姊姊，一副既想聽又害怕的神情實在逗樂。

柯采依一股腦兒說了五、六個，說得口乾舌燥，低頭一看，兩個娃娃不知道什麼時候熬不住，已經睡著了。

她輕手輕腳的給他們掖了掖被子，轉頭看向了窗外，外面一片漆黑，萬籟俱寂，大概已經到了亥時。

忙了一天，她的眼皮也有點撐不住，在心裡默念了一聲「新年快樂」，便也滑入被窩中，閉上眼睛睡過去了。

第二十二章

大年初二是個好天氣，晴空萬里。

柯采依給書哥兒和采蓮穿上新衣裳，拎著禮品要去拜年。

自然不是去柯義業家，柯采依才懶得去看趙三娘的臉色自找沒趣。

現如今柯家也沒什麼其他親戚可走的，他們是要去給呂老頭拜年。

她到的時候正趕上呂老頭的女兒女婿回娘家。

呂老頭就這一個女兒，取名呂寶芝，嫁到了十里地外的陳家村。呂寶芝有一個兒子，可是昨日偶感風寒，他祖母說什麼也捨不得孫子帶著病體還要出門，所以呂寶芝這回只和相公一起回娘家，預備待兒子病好了，再來探望外祖父外祖母。

呂寶芝長得溫柔清秀，一見到柯采依，就親熱的拉著她的手說道：「妳就是采依吧，我娘跟我念叨了好幾次，說妳一直特別照顧他們，還常常給我爹娘送吃的。我真是不知道說什麼才好，謝謝妳了。」

「我和太爺太婆很投緣，再說我還要多謝太爺悉心教導我弟弟呢，所以帶著弟弟妹妹來給太爺太婆拜個年。」柯采依赧顏說道。

柯采依把書哥兒和采蓮推到跟前，讓兩個小的恭恭敬敬跪在地上給呂老頭和呂婆子磕了三個頭。

呂老頭很欣慰的點了點頭，呂婆子趕緊把兩個娃娃扶起來，從懷裡掏出兩個用紅紙包著的紅包，笑咪咪道：「給，這是太婆的壓歲錢，將來書哥兒能金榜高中，采蓮能找到個好郎君。」

書哥兒和采蓮看了看姊姊的臉色，待到她點點頭後才雙手接了過來，奶聲奶氣道：「謝謝太婆。」

這兒壓歲錢的習俗一般是用紅繩子綁著三、四枚銅錢，討個吉利，故而柯采依便也沒有推辭。

呂婆子摸著他們的頭頂笑道：「真乖。」

柯采依拜完年本來想走，不願打擾別人一家人團聚，可呂寶芝說難得碰見，拉著她再坐一會兒，於是幾個人便圍著桌子喝茶閒聊。

閒談間，呂寶芝問了問柯采依家裡的情況，她都一一答了，呂寶芝聞言直嘆她小小年紀不容易。

這時，呂婆子朝呂寶芝的相公問道：「妳大哥家那事解決了嗎？」

呂寶芝的相公陳家朗是個憨厚的，自柯采依進屋就沒說過幾句話，被丈母娘點名問也只回了兩個字：「還沒。」說完便看向了呂寶芝，眼神裡透露著：還是娘子妳來說吧。

「正發愁呢。」呂寶芝嗑著瓜子，接著相公的話說道：「那鋪子往牙人那裡掛了一個月了，根本都沒人來問，我大伯躺在床上動不了，大伯娘又是個沒主意的，急得整日裡唉聲嘆氣。」

柯采依聽得一頭霧水，呂寶芝便略略給她解釋了一遍事情原委。

陳家朗的大哥在城裡開了一家雜貨鋪，一個多月前意外摔斷了腿，大夫說想徹底養好，少不得要四、五個月。可是這雜貨鋪完全是陳大哥在經營，他媳婦兒一點都不懂，兒子也早分家常年在外跑，顧不上。現在他倒下了，鋪子不得不關門，可是租金還得交著。

陳大哥就尋思乾脆把鋪子轉租，回鄉下老房子養老去，可是這年底哪裡有什麼人要租鋪子。租金還有一整年，轉租不出去，不但沒進項還得繳租金，陳大哥一家可不就著急了。

呂寶芝嗑瓜子嗑得口渴，喝了口茶繼續說道：「其實大伯原本就不想開了，因為雜貨鋪早就入不敷出了。今年那條街上賣雜物的就開了三家，三家啊！每家東西都比他的鋪子齊全，你說說，哪裡還賺得到什麼錢。」

呂婆子問：「那就讓鋪子這樣繼續關門？」

「要不然還能怎麼辦？」

柯采依眼珠轉了轉。「那間鋪子是怎樣的，裡面大不大，如果用來開小飯館合不合適？」

「采依，妳的意思是？」呂寶芝眼睛亮了起來。

柯采依抿了抿嘴角道：「跟妳說實話，我雖然現在擺了個食檔，但終歸不是長久之計，所以想租個鋪子更穩當些，我過年前也在城裡尋摸過幾回，都沒找到合適的。」

呂寶芝一拍大腿，歡喜道：「那敢情好啊，我大伯這鋪子在西市，地段好，裡面也夠大，後面還可以住人，正適合開飯館。」

陳家朗聞言也露出笑臉，聲音很憨厚。「姑娘如果真有心要租的話，我待會兒回去找大哥說一聲。」

「對。」呂寶芝越說越來勁。「大伯家離得不遠，我們回去就去問問，我想他們一定樂壞了。」

「不過寶芝姊，我要先說明，還得先看一看鋪子，成不成還不一定的。」柯采依看呂寶芝這高興樣，生怕她回去傳錯了意思，以為她確定要租。

「那是自然，必須先看。正好過年，咱也不著急這幾天，待我打聽清楚再來找妳商量。」呂寶芝拍了拍她的手。「妳放心，我以我爹的人品擔保，絕對不會坑妳的。」

「又在胡說。」呂老頭聞言瞪了女兒一眼，做啥子拿他的人品擔保，雖然他對自己的人品很有信心，但聽起來總是怪怪的。

呂寶芝顯然習慣了親爹彆扭的作風，絲毫不在意的笑了笑。

呂寶芝辦事很俐落，三天後就帶著陳大嫂來了柯采依家。

陳大嫂這幾日真上火得不得了，相公躺床上吃喝拉撒都需要她伺候，鋪子轉租又絲毫沒有消息，正發愁呢，弟妹就告訴了她一個好消息，有人有意要租他家的鋪子，不過得先去看看再定奪。

陳大哥聽到後也怕耽擱了正事，催著呂寶芝趕緊帶著陳大嫂上門。

陳大嫂個子矮小，說話輕聲細語的，不仔細聽都聽不清，幾乎都是由弟妹代勞回話。柯采依也不囉嗦，把弟弟妹妹送到呂夫子那裡，又找來周巧丫，四個人駕著驢車風風火火的趕去了縣城。

陳大哥的這家雜貨鋪與柯采依的食檔隔著兩條街，一頭一尾，她原來的位置基本都是擺攤子的，這兒卻大部分都是店鋪。

柯采依看了看外面後走進雜貨鋪，還真是什麼都賣，鍋碗瓢盆掃帚籮筐，牆上掛著一些布料，櫃檯上甚至還擺著筆墨紙硯，只不過一看就是些便宜貨。

柯采依暗暗想著如果把鋪子裡雜七雜八的東西都拿掉，擺個八、九張桌子沒問題。

陳大嫂又引著她去後面，小心翼翼道：「姑娘，妳租我這個鋪面真是再合適不過了，因為以前這裡就是一家賣麵條的。」

「真的？」

「對呀，妳看這廚房就是那賣麵的留下來的，裡面有三口大鐵鍋，平日裡我自己都用不上的。」

柯采依滿意的點了點頭，廚房夠大夠亮堂，灶膛旁邊還砌了風箱。角落裡還有個小小的地窖，可以放一些酒罈、酸菜缸之類的。許是因為陳大哥夫婦都回了老家的緣故，廚房東西不多。

陳大嫂見柯采依不住點頭的樣子，搓了搓手道：「姑娘，妳去租別地不一定有這麼大的廚房咧，太小了人都轉不開，憋屈。」

「大娘說得有理。」柯采依笑著附和。

接著她領柯采依去看了看住的房間，兩間屋子連著廚房，空間不大，住人是夠了。現在其中一間，陳大哥夫婦並沒有用，只是堆了些貨。

周巧丫附在她的耳邊輕聲道：「我覺著還行。」

柯采依不動聲色的點點頭，之前她去看的那些鋪子不是位置太偏僻，就是空間狹小不合她的要求。現如今木塘縣日益繁榮，要找一個合適的鋪面不容易。

幾個人把雜貨鋪裡裡外外轉了一圈，陳大嫂忐忑的等著她的回應。她實在是想儘快將鋪子轉出去，萬一這個姑娘也不租，還不知道要等到什麼時候。

柯采依目前還沒有挑出什麼特別大的毛病出來，但是也沒有當即就答應，而是說：「大娘，我看了一圈大致都不錯，但我還想再考慮考慮，畢竟租鋪子是件大事。」

「小姑娘，不用再想了，錯了這村就沒這店了。」陳大嫂有點著急了。

「哎嫂子，妳先別急。」呂寶芝扯住陳大嫂的胳膊，勸了勸。「人家想要再想一想是人之常情，不是幾兩的事情，哪裡就能這麼快決定的。」

「不過呢，」她話頭一轉。「采依，妳也得給一個時間，不能讓咱們一直空等妳的回信。萬一妳要想個十天半個月的，那咱們也等不了。」

「對對。」陳大嫂不住的點頭。

柯采依想了想，說：「這樣吧，兩天後無論我租或者不租都一定給妳們一個準信，如何？」

「靠譜，那就這樣說定了。」呂寶芝替陳大嫂拿定了主意，陳大嫂也就沒有再說什麼。

呂寶芝和陳大嫂還得去給陳大哥抓藥，柯采依便在鋪子門口與她們分開了。

周巧丫望著她們遠去的背影，不解道：「妳不是也對這鋪子挺滿意的，怎麼還要考慮？」

「剛剛只是看了看內部環境，我們現在要去看看周邊環境。」柯采依眨了下眼睛俏皮說道。

於是兩個人拉著驢車慢悠悠的走在街道上，這會兒街上行人不多，大都還在家裡過年團圓，只有少許鋪子還開著。

柯采依仔仔細細的看了看雜貨鋪所在的這條街道，確實有三家賣雜貨的，另兩家看招牌都比陳大哥家更氣派、更新，難怪越來越掙不到錢了。

當然這不是她關心的重點，她在意的是有多少賣吃食的。

數了數，有兩家飯館、一家麵館、一家酒肆和一家點心鋪。

一條街上能開三家雜貨鋪以及不少吃食店鋪，足以說明這裡的人流量不小。

柯采依心裡暗自計算著，周巧丫冷不防說道：「采依，妳真的要開鋪子啊？」雖然柯采依老早就和她說了這個想法，但她總以為只是說說而已，畢竟柯記酸辣粉食檔賣得挺好。

「當然，要不然我找鋪子做什麼？妳以為我說著玩呢。」柯采依失笑道。

周巧丫嘟了嘟嘴，道：「可是咱們現在只有妳、我、武大嬸再加上一個小豆丁采蓮，擺個攤子還勉強應付得過來，開鋪子的話這些人手哪裡夠啊？」

「我知道，所以如果鋪子開起來肯定要再招人的。」柯采依給了她一個「我早就想到了」的眼神。

周巧丫若有所思的點點頭，又想到了一個問題。「那咱們以後還是賣酸辣粉嗎？」

「酸辣粉當然要繼續賣，這可是我們的招牌，但是也要增加新花樣了，不然客人也會吃膩，沒有新鮮感了。」柯采依心裡打算著先開一家小吃店，包含粉、餃子餛飩、滷味等各式小吃，與這條街上已有的吃食店不衝突。

「好，都聽妳的。」周巧丫見柯采依早就計劃得很周全了，心裡安定了許多，跟著她走就是了。

兩人又去打聽了一下這附近的租金行情，陳大哥給她們的報價很公道，這才著實放下心來。

兩天後，柯采依和呂寶芝、陳大嫂在呂老頭家碰面，得知柯采依決定租下來之後，陳大嫂心裡的大石頭總算放了下來。

一行人又趕去縣衙做好了轉租登記，從此這家鋪子的承租人就變成了柯采依，她也將一整年的租金給了陳大嫂。這租金交出去，柯采依大半年攢下來的錢去了一大半，不過捨不得孩子套不著狼，她並不心疼。

雜貨鋪轉租後，柯采依並不是立刻就住進去，她和陳大嫂商量了一下，給他們七天的時間讓他們可以將鋪子裡剩下的貨盡可能賣掉。

而且柯采依佔了點便宜，從雜貨鋪訂了一批碗筷盤碟。陳大嫂急著脫手，給她的價格遠低於市場價。

解決了鋪子的問題，柯采依心裡又盤算起另外一件事。

隔日，柯采依登上了村長家的門。

「妳想把妳家的三畝地要回來？」村長抿了一口熱茶，挑眉問道。

「是的，那本來就是我家的地。」柯采依點點頭。

當初趙三娘以她姊弟三人還小，種不了地的理由，把她家的三畝地拿走了，還信誓旦旦的說等到有收成的時候會分給他們一部分糧食，可下半年的水稻早就收割完了，也沒見趙三娘送過來一粒米。

等到過完年，一開春，馬上又要到插秧播種的季節，那時候等柯義業和趙三娘插完秧了，反倒不好把田地要回來，他們必然會賴說地裡的秧苗都是他們的，那真是說也說不清楚。

倒不如趁著現在地裡還空閒著，趕緊要回來。

要不然等以後她帶著書哥兒和采蓮搬到城裡去，就更沒有功夫去管這檔子事了。

「要回來妳打算自己種？」

「不是，我以後要搬到城裡去。」柯采依將自己準備開鋪子的事告知了村長。

村長笑著指了指她。「我就知道咱們綿山村留不住妳，去城裡也好，我瞧著書哥兒是個有出息的，去城裡的書院讀書更有前途。」

「我正有這個打算。」

「以後書哥兒有出息了，也會是咱們村裡的光榮。」村長笑呵呵道，轉頭又問：「既然這地妳自己也沒時間種，要回來做甚？」

柯采依沈默了一下，抿著嘴角道：「村長，你是知道我們家和我三叔一家的關係的，老實說當初那地就是被他們哄騙過去，我一點回報都要不到，拿回來租給別人種，我好歹還能收回點呢。」

村長豈能不知道這事，當初柯家兩兄弟分家不公平，村裡就有不少閒言碎語。柯義根夫婦死後，剩下三個子女也和叔叔嬸嬸處得不和睦。多虧柯采依爭氣能幹，一個人撐起了這個家，不然也得被趙三娘欺負死。

只不過以前那些都是柯家的家事，都說「清官難斷家務事」，就算他是村長也沒什麼辦法。

但這回不一樣了，每家每戶幾畝地、交多少糧食等等都是由他登記在冊的，現如今柯采依直接找他要把田地要回來，他還真不能不管。

村長皺著眉頭心裡暗暗想著，柯采依是吃準了自己去找趙三娘要，她肯定不會還，所以直接上門找他來了。

一想到趙三娘那潑辣刁蠻的樣子，他就預感這事不好辦啊。

沒法子，誰讓他是村長呢？

村長讓柯采依先回去，他會先去和柯義業夫婦知會一聲。

柯采依從村長家裡出來，拎著籃子往野地走去。這會兒正是鼠麴草長得最鮮嫩的時候，再過些時日就長老了。說起鼠麴草，又叫做清明草，這可是做清明果的絕佳好材料，它有一個更網紅的名字「青團」。

柯采依一來到野地，就見遍地都是鼠麴草，鮮嫩的顏色看得人心情一片舒爽。不一會兒，她就摘了滿滿一籃子。過年這幾日天天大魚大肉也吃膩了，她打算做個清明果換換口味。

柯采依回去後把一半的鼠麴草鋪開來曬乾，等到清明節時再吃，剩下一半洗乾淨，把梗部掐掉，只留下最嫩的葉子。

洗淨的鼠麴草放入開水鍋中汆燙片刻，撈出來瀝乾水分，剁得碎碎的。接著將剁碎的鼠麴草和糯米粉、大米粉混合，開始揉麵團。

柯采依一邊揉一邊加入少量熱水，讓麵團保持黏性，把鼠麴草揉至完全和米粉融合，這過程比平常揉麵團更費勁。

將綠色的麵團放在一旁醒一會兒，柯采依著手準備兩種餡料，一種是豬肉蘿蔔絲，一種是冬筍香菇丁，待餡料炒好後盛入大瓷碗內，開始擀麵。

從大麵團上揪出一個小麵團，往麵粉上滾一圈，擀成薄薄的麵皮，添上餡料，捏成一個個元寶的形狀，在蒸屜上擺得整整齊齊，放入鍋內蒸。

柯義業和趙三娘找上門來的時候，柯采依正往灶膛內添柴火。

柯采依拍了拍手上沾到的鍋灰，明知故問：「三叔新年好啊，這會兒來有什麼事嗎？」

「別裝了，妳會不知道我們來幹啥？」趙三娘眼睛瞪得老大，眉毛豎成了倒八字。

「我真的不知道啊。」柯采依一臉無辜的攤了攤手。

「采依，不請三叔進去坐坐？」柯義業嘴裡抽著煙袋，呼出一口煙氣，淡淡的說。

柯采依笑著做了個「請」的姿勢，給他們倒了兩杯茶。

三個人坐定後，柯義業又抽了兩口，柯采依聞著煙味，微微皺了皺鼻子。

「丫頭，是妳去和村長說想要把那三畝地要回去？」柯義業終於開口問了。

「是啊。」柯采依也不繞圈子了，直接回道：「那本來就是分給我爹的，當初也只是借給你們種而已，現在要回來是天經地義。」

她特地在「借」字上加重了語氣。

「可是妳也不會種地啊，書哥兒、采蓮也小，妳拿回去幹麼呢？」

「這個就無須三叔操心了。」

「妳就是吃裡扒外。」趙三娘原本一直忍著，自從村長到他們家說了這件事後，她的一股氣就湧到了嗓子眼。來的路上，柯義業再三要求她不能發火，因為柯采依吃軟不吃硬，越和她槓，她越要反著來。可是一來到她家，瞅著她那張臉，趙三娘那股子氣就壓不住了。

她一拍桌子，氣勢洶洶道：「別以為我不知道，妳要回去也不是自己種，妳情願給別人種也不借給自己三叔家，妳簡直是大逆不道，妳對得起柯家列祖列宗嗎？」

柯采依輕哼一聲，瞇了瞇眼睛說道：「三嬸，妳說如果柯家祖宗真的在天上看著，他們是會因為我拿回屬於我家自己的地生氣，還是會因為妳欺騙公公、攛掇丈夫兄弟鬩牆、欺負無父無母的姪女而發怒呢？」

「妳、妳……」趙三娘指著她的手指頭不停顫抖，氣得說不出話來。

「好了，妳少說兩句。」柯義業瞪了自家婆娘一眼，責怪她控制不住脾氣，就會壞事。

他轉頭對柯采依扯了個笑容。「采依，這田地的事咱們還是可以商量的，以前妳三嬸可能有些事確實做得不對，我代替她道個歉，畢竟她也是妳的長輩，我們又是妳最親近的親人，那些事就當翻篇了行不？」

「不行。」柯采依毫不猶豫的說道：「有些事情是沒法翻篇的。而且——」

她似笑非笑的看了眼柯義業。「三叔，您不也一直縱容她嗎？」雖然柯義業不像趙三娘那樣時常找她麻煩，甚至很少接觸他們姊弟仨，但他從沒有阻止過趙三娘，不就是縱容自己婆娘去撒潑佔便宜嗎？他在家倒可以得好處，壞名聲還落不到他的頭上。

柯義業訕笑的扣了扣煙絲，他還真是小瞧了這個姪女。

他是真不想失去那三畝地，去年多了三畝地，家裡的收成好了許多，終於過了個好年。一想到要還回去，就好像從他的身上割掉一塊肉一樣。

他當作沒聽到柯采依話裡話外的嘲諷，繼續說道：「不然這樣，妳如果是想收回去租給別人種，那租給我不也是一樣。我知道親兄弟還明算帳，我也不會佔妳便宜，到時候每畝地給妳一成收成。」這是他事先就想好的對策。

趙三娘皺著眉頭想反駁，被柯義業一個眼神瞪得閉上嘴巴。

柯采依心裡暗暗發笑，道：「一成？打發叫花子呢。」

「那兩成。」柯義業狠了狠心，伸出了兩根手指。

「你瘋了。」趙三娘低聲扯了扯他的袖子，不停的搖頭。

「算了吧，三叔。」柯采依瞥了眼趙三娘的動作，沈聲道：「無論如何我都是要拿回來的，只有咱們兩家少點交集，才能少點矛盾和爭吵，不然只會把僅存的那點情分消磨得乾乾淨淨，那才是無臉見祖宗呢。」

柯義業沒想到她這麼油鹽不進、軟硬不吃，一時之間沈默了下來。

趙三娘見自家男人不說話，對著柯采依氣急敗壞道：「我就不還，妳能怎麼著？」

「那咱們就祠堂裡見吧。」柯采依十指交叉撐住下巴，笑了笑，道：「我看最近村裡也沒啥事，各位族老都閒得慌，不如把大家召集起來一起商議商議，剛好過年也熱鬧一下，妳覺得怎麼樣？」

趙三娘的眼神像刀子一樣盯著柯采依，這死丫頭知道得還不少，竟然想請動族老們開會，這不等於讓全村人戳他們的脊梁骨嗎？

柯義業看明白了，這是一點商量都沒有。他往桌角磕了磕煙桿，啞著聲音道：「算了，妳拿回去吧，是我這個叔叔的對不起你們姊弟。」

說罷他就站起身想走，趙三娘仍然不死心想開口，他回頭斥道：「別說了，回去。」

柯采依一臉笑意。「要不要吃個午飯再走？」

「吃個屁。」一氣都氣飽了，趙三娘一甩袖子快步跟在柯義業身後，走到門口還回頭朝地上啐了一口，罵罵咧咧的走了。

解決了這樁事，柯采依打心眼裡開心，拿回了自己的東西，總算不用再和趙三娘掰扯了。

哎呀，被三叔這一攪和，差點忘了清明果。

柯采依奔向廚房，揭開蒸屜的蓋子，一股洶湧的熱氣撲面而來，她趕緊後退。待熱氣稍微散去，往蒸屜上一看，清明果已經變成了墨綠色，第一籠已經蒸好了。

到了午飯時，柯均書和柯采蓮手拉著手回來了，這幾天采蓮也喜歡跟著書哥兒往呂老頭那裡跑，呂婆子喜歡她喜歡得緊。

中午的主食就是清明果，咬下一口都是鼠麴草的清香，蘿蔔絲脆甜生津，冬筍蘑菇丁滿口生香，似乎已經嘗到了春天的滋味。

書哥兒一口氣吃了四個，采蓮這丫頭都吃了三個，撐得肚子滾圓。

第二十三章

柯采依是個閒不住的，正月初九就重新將酸辣粉食檔擺了出來。她找了個小木板，將準備開鋪子和搬遷的事情請柯均書寫在上面，告知食客，一些相熟的客人得知後紛紛表示一定會去捧場。

正月十四，陳大哥將鋪子正式交給了她。

正月二十五是木塘縣一年一度的廟會，這次廟會會一直持續到二月二龍抬頭，柯采依打算要趕在廟會開始前就開業。於是她就風風火火的開始裝修鋪子，周大青、周巧丫也來幫忙。

牆要重新刷一遍，買了全新的桌椅，商定菜單，添置後廚，更重要的是要再招一個人。

周巧丫廚藝一般，但是被柯采依指導了幾次算帳之後，現在算帳算得又準又快，所以柯采依還是打算讓她負責端菜收錢。

而後廚就需要再招一個給她打下手的幫工。

柯采依接收這間鋪子的當天，就在門外貼了紅紙招人，過完年務工的人不少，陸陸續續有人上門自薦。但是要麼完全不會一點廚藝，要麼一看就不是個誠懇能吃苦的，兩天了也沒招到讓她滿意的人。

這天柯采依正在掃除地上雜七雜八的木屑，鋪子裝修得差不多了，再拾掇拾掇就可以開業迎客。

「請問，你們這裡是在招工嗎？」

柯采依回頭就看見一個瘦弱的男孩站在門口探頭探腦的模樣，她放下手裡的掃帚，向前一步道：「是啊，我們在招人。」

柯采依把人請進來，兩個人面對面坐著。

「你叫什麼名字？」

「吳衛。」

「你幾歲了？」柯采依瞧他細胳膊細腿的，別不小心招了個童工。

他連忙挺起胸膛。「我今年剛滿十四了。」

柯采依笑了笑，還真是沒看出來，想來是發育不良。

「我要和你先說清楚，我們這裡招的是廚房幫工，以後熟練了還要上灶臺做菜的，不是打雜跑堂，所以多少要會一點廚藝。」柯采依見他很緊張，儘量放輕語氣。

「我知道我知道。」吳衛雙手放在膝蓋上，急切道：「我會下廚的，以前我娘不在家時，都是我做飯給弟弟吃。」

「廚房的活兒很累人的。」

「我不怕吃苦。」

「你家是住在城裡嗎？」

「是的。」

柯采依暗道住在城裡好，來回很方便。

空口無憑，她領著吳衛去後廚試了試刀工。吳衛確實沒撒謊，馬鈴薯絲切得又快又細。其實柯采依倒不需要他廚藝有多好，只是需要一點基礎。

柯采依又詳細問了問他家裡的情況，得知他父親早亡，家裡還有病弱的母親和年幼的弟弟，所以才不得不出來找事做。

柯采依仔細琢磨了一下，便決定就是他了。吳衛得知要用他，激動得臉都紅了，天知道他這幾天跑了多少地方找活兒幹，連碼頭搬貨也試著去了，可是人家都嫌棄他太瘦弱。

這下好了，有活兒幹，就有錢掙，可以給娘買藥，弟弟也不用挨餓了。

柯采依給吳衛在契約按了印，他捧著字跡未乾的契約，心跳得很快，站起身來朝她深深的鞠了個躬。「老闆，我一定會認真幹活的。」

多麼實誠的孩子啊。

柯采依笑著囑咐他明天過來正式開工，他便跑回去告訴母親這個好消息。

鋪子收拾得差不多了，接下來就是搬家。

茅屋裡也沒什麼值錢的東西可帶，柯采依大概收拾了一些被褥衣裳，以及各種食材，一股腦兒的堆在驢車上。

雖然搬到城裡去，但是這棟茅屋還是屬於她的。她早就和牛大娘打好了招呼，拜託她有空時照看一下，倒不是怕小偷，根本沒得可偷，主要是防火，還要防三叔一家。

柯采依搬去城裡之前，帶著書哥兒和采蓮去向呂老頭告別。

別看呂老頭平日總板著臉，這回知道書哥兒要去城裡了，也紅了眼眶。他拍著書哥兒的腦袋，叮囑他要好好讀書，不要給他丟臉。

呂婆子更是拉著兩個娃娃的手掉眼淚，柯采依心裡也不禁傷感起來。她強忍著眼淚勸慰道：「太爺太婆別難過了，我們又不是不回來了，這裡永遠是我們的家，以後一定會常常回來看你們的。」

「對，這是好事，咱不哭。」呂婆子擦了擦眼淚，笑了笑，道：「城裡不比鄉下，在村裡有啥事大家都能幫襯幫襯，這城裡什麼好人壞人都有，妳萬事要留個心眼，得空了就回來瞧瞧我們兩個老傢伙。」

「放心吧，太婆。」

告別了呂老頭夫婦，柯采依駕著驢車離開了綿山村，奔向了縣城。

正月十八是個好日子，柯采依選在這一天開張。

周大青兄妹和武大嬸早早趕來了，把鋪子裡裡外外到處檢查了又檢查，生怕出一點紕漏，而柯采依則領著吳衛在後廚把開張要用的食材準備好。

到了巳時，柯采依等人一起站到門口，門外已經來了不少老食客，對著她喊道：「老闆，咋還不開張，我們都等著咧。」

「大家別著急，馬上就開始了。」柯采依笑著回答。

「沒來晚吧。」李仁和楊琥從人群中擠了出來，興奮的朝柯采依揮揮手。

兩人送了一副對聯給她，筆走龍蛇，入木三分。柯采依愛不釋手，笑嘻嘻道：「這麼好的字，趕明兒我就找人裱起來。」

柯采依讓李仁、楊琥在一旁稍等一會兒，現在要揭開牌匾。

牌匾用紅布蒙著。柯采依算了算時辰，把牌匾上的紅布往下一拉，「柯記小吃」四個大字顯露出來。

她對周大青和吳衛使個眼色，兩人點點頭，手裡分別拿著一炷點燃的香走到門旁邊掛著的兩串大紅鞭炮旁邊。

「要點鞭炮了，大家小心一點。」

眾人一瞧紛紛躲開。

鞭炮一點，噼哩啪啦聲不絕於耳，開張的熱鬧氣氛頓時就起來了。

鞭炮點完後，柯采依拍了拍手，高聲嚷道：「今天柯記小吃開張，全場打八折，往後還要承蒙各位多多關照。」

說完柯采依就擺出姿勢想邀請食客進入，這時右邊傳來了一陣陣敲鑼打鼓的聲音，所有人都被吸引了目光。

只見兩隻金黃色的舞獅蹦蹦跳跳的停在她的鋪子門前。

柯采依滿臉疑惑，她並沒有請舞獅隊來表演啊？

可是這舞獅明顯是對著她的鋪子而來的，在鑼鼓聲中不停上下翻轉跳躍，動作乾淨俐落，其中一隻舞獅甚至騰空翻了個身，引得周圍看客不斷叫好，現場的氣氛更加熱鬧了。

柯采依也看得入迷，忍不住為他們鼓起掌來。

舞獅以一個漂亮的動作結束後，柯采依立刻到他們跟前，問道：「請問，是誰請你們來的？」

舞獅子的小夥子往後撤退一步，陳晏之從身後笑著走了出來。

「陳大哥，是你。」柯采依驚喜道。

「我只不過去外地走了幾天親戚，回來妳就換地方了。」陳晏之盯著柯采依的眼睛柔聲道：「太匆忙了，也沒給來得及給妳開張幫上什麼忙，只好請了舞獅隊來熱鬧熱鬧了，喜歡嗎？」

「很喜歡，謝謝你，其實你人來我就很開心了。」柯采依兩天前去了陳府，本來想請陳晏之兄弟倆開張那日來做客，可是門房告訴她公子出門去了，不知歸期，她便作罷。

沒想到他居然趕上了開張。

看著他出現，柯采依這才發覺原來她心裡很想看到他來。

「那柯姊姊看到我開心不開心啊？」陳峁之突然從陳晏之身後探出頭來，晃了晃腦袋笑嘻嘻說著。

柯采依含笑道：「峁哥兒也來了。」

「我也帶了禮物唷。」

「什麼禮物？」

「我啊，我要做姊姊店鋪裡的第一個客人。」陳峁之拉著柯采依的手撒嬌道。

柯采依噗哧笑了出來，牽著他往裡走。「好好好，你是柯記小吃最重要的第一個客人，請進。」

接著食客蜂擁而入。

牆上掛著一排木牌子，上面寫著各式小吃，此外柯采依還特地準備了十來份用硬紙寫的菜單，讓周巧丫逐一分發給食客，也給不識字的食客解說著。

她邊發邊嚷著：「開張第一天我們還有特價鹽酥雞，只要十文一份，限量供應喔。」

不少食客一聽，菜單都沒看就叫著：「先來一份鹽酥雞。」雖然沒吃過，但一聽這名字就感覺很好吃的樣子。

確定自己搶到了鹽酥雞後，他們才拿著菜單喃喃念道：「酸辣粉、羊肉粉、老友粉、乾拌粉、炒粉……」

「還有麵咧，臊子麵、油潑麵、三鮮麵、茄子肉末大滷麵……」

一看後面還有餃子、餛飩以及各式小菜，食客念著念著口水都快溢出來了。

忍不了了，趕緊點菜。

陳晏之兄弟倆和李仁、楊琥坐下後，柯采依也沒功夫坐下來招待他們，只問了問他們想吃什麼，便到後廚張羅起來了。

今兒是開張第一天，務必要給食客留下一個好印象。兩口大鍋裡濃香的高湯正咕咚咕咚冒著泡，澆在粉、麵上的滷子也炒好了，餃子餛飩也是早上現包的。

柯采依把燙粉、煮麵的活兒交給吳衛，自己捋起袖子來打理鹽酥雞。

鹽酥雞用的全是從雞腿上剔下來的上好雞腿肉，切丁後用蔥薑汁、白糖、鹽和五香粉醃製半個時辰，再均勻裹上一層紅薯澱粉，下油鍋炸至金黃。稍微放涼後再下鍋複炸一次，可以讓鹽酥雞更加酥脆，最後撒上一點椒鹽即可。

柯采依這邊「嗞啦嗞啦」炸個不停，那邊鹽酥雞濃濃的香味早就飄到前面。眾食客嗅著這味道，不住的嘆道：「什麼味道，這就是鹽酥雞嗎？太香了。」

「剛剛慢了一步沒搶著，小二還有沒有鹽酥雞啊？」

「就是啊，老闆再加幾份，這麼多人都沒點到呢。」

試問誰能拒絕得了炸雞的誘惑？

食客們點的單陸續上了桌，碗筷勺碟碰撞的聲音不絕於耳，還有食客瞧著旁邊人的鹽酥雞眼紅得緊，悄悄問能不能分他一半，價錢平分，自然是被疾言厲色的拒絕了。

怎麼可能分一半，自己都不夠吃好嗎？

柯采依親自給陳晏之、李仁他們端菜，也給他們留了兩大份鹽酥雞。

陳峋之第一個朝鹽酥雞下筷子，吃完瞪大了眼睛，嘟囔道：「姊姊，好好吃啊。」接著筷子就停不下來了，楊琥見狀立馬加入爭搶，在美食之前，小孩子也不能讓。

柯采依擦了擦額頭的汗，環顧一圈，看見食客們吃得這麼滿意，吊了一上午的心也稍微放下來一點。

「老闆在嗎？」

柯采依本想回到廚房繼續張羅，便聽見門口一個中年男子的叫嚷聲。

她走過去擺出笑臉道：「我就是，幾位客官是來吃飯的？」她走到門口才發現不止一個人，中年男子背後還跟著兩個年輕男人，男人手裡捧著一塊用布蒙著的長條物。

「我是特地來給柯老闆賀喜的。」

「賀喜？」柯采依皺眉想了想，確定自己並不認識眼前這個男人，疑惑道：「我們以前認識嗎？」

中年男人笑了笑。「不認識我不打緊，但是相信柯老闆一定認識我們少東家。」

「少東家，難道你是？」柯采依腦海中閃過一個人名，這可能嗎？

「我是漢泰樓的掌櫃，敝姓張，特地代替我們少東家來送禮的，希望柯老闆能收下。」

中年男子說完拍了拍手，他身後的年輕男人走上前，將手裡的布揭開，原來是一塊牌匾，上面寫著「烹龍炮鳳」四個金光閃閃的大字。

陳晏之悄無聲息的站到了柯采依身邊，兩人對望一眼，柯采依眼裡都是疑惑，周少連怎麼會來給她賀喜，那天她可是毫不留情的拒絕了他。

張掌櫃看到了陳晏之，微微彎腰說道：「陳公子，我們少東家猜到您今天一定會來，讓我向您問好呢。」

陳晏之扯了扯嘴角，沒有回話。

接著張掌櫃轉頭對柯采依笑嘻嘻道：「柯老闆，這牌匾請一定收下。」

開張大喜之日，的確不好把送上門的禮退回去，可她又明明知道周少連與陳晏之不對付，本來想著以後也不會有什麼交集，卻沒想到這姓周的事兒這麼多。

她有點左右為難。

陳晏之瞅著柯采依糾結的神色，低聲笑了一下。「收下吧，只是塊牌匾而已。這是我和他之間的恩怨，和妳沒什麼關係。」

柯采依聞言想了想，便坦然接受了這塊牌匾。

張掌櫃吩咐下人把牌匾給柯采依抬到裡面去，食客聽說是漢泰樓的少東家派人送來的，紛紛接頭接耳，小聲猜測著柯記小吃與漢泰樓的關係。

柯采依本想請張掌櫃幾個人進來吃點東西，他擺擺手稱還有事要忙，匆匆忙忙走了。

柯采依看著寫著「烹龍炮鳳」的牌匾，摸著下巴發愁道：「送牌匾也沒地兒掛啊，而且這四個字我哪裡當得起，怎麼感覺他在諷刺我？」

「不想掛就收起來，嫌看著礙眼就劈了當柴燒，反正收下之後就是妳的東西，當然任妳處置。」陳晏之在她旁邊悠悠來了這麼一句。

柯采依看他一眼，心裡暗道：好腹黑一男的。

她偏頭好奇問道：「你和他之間到底發生過什麼不愉快？按理說你們都是木塘縣的貴公子，至少應該保持表面的友好吧。」

「真想知道？」

柯采依點點頭。

「其實也沒什麼深仇大恨，在我跟著祖父從京城回到這裡之前，周少連的漢泰樓一直是最有名氣的酒樓，但是自從我們家也開了酒樓，一切就變了，而且品味會上他連續幾年輸給了我，心裡一直不服氣。」

「就這麼簡單？」

柯采依歪著腦袋嘀咕道：「總感覺周少連好像特別討厭你，所以覺得事情有蹊蹺。」

陳晏之卻沒有再說什麼，只說不要瞎猜。

開張第一日，柯采依準備的食材並不多，到了申時初，基本就賣光了，食客逐漸散去。陳晏之兄弟倆和李仁他們也告辭了，柯采依與巧丫、吳衛等人把廚房收拾乾淨，便讓他們回家去。

柯采依關上鋪子門，將一天所得收入仔仔細細算了一遍，喜得在床上翻了個滾，覺得人生大有盼頭。

柯記小吃開張兩、三日後，逐漸在西市打開了名氣，不少食客聞名而來。

吳衛很聰明，也很能吃苦，才三天就能獨當一面，做小吃時也不需要柯采依在一旁盯著了，她就可以有更多的時間專注做自己手裡更精細的吃食。

「采依，外面有個女的點名要妳去點單。」巧丫一進廚房就皺著眉頭告訴她這件事。「我感覺她好像是來找碴的。」

柯采依放下手裡的活兒，淡淡說道：「沒事，我出去看一下。」

原來是李湘兒。

她正指揮著丫鬟給她擦桌子，皺著鼻子，一臉嫌棄的模樣。

柯采依心裡嘆了口氣，這女人一來估計又沒好事。她走到李湘兒跟前，保持微笑道：「李小姐，怎麼是妳啊？」

「我聽說妳開了鋪子，特地來瞧瞧是個什麼樣。」自從上回見到陳晏之兄弟倆對柯采依的那股子親熱勁之後，李湘兒回去越想越氣，本以為柯采依也是個貴女，可是打聽了一下才知道竟然只是個普普通通的村姑，還要自己拋頭露臉開鋪子。

一得知柯采依的身分，李湘兒對她也就不那麼在意了，因為她覺著表哥無論如何不可能看得上這種身分低下的女子。然而前兩天她又得知表哥為柯采依鋪子開張專門請了舞獅隊，心裡的不安感又冒出來了。

她覺得不能坐以待斃，於是便親自找上門來。

「李小姐，妳想吃點什麼？」柯采依豈會看不出李湘兒那點心思，只是看破不說破罷了。

「妳這兒有什麼吃的？」李湘兒甩甩帕子，漫不經心的說道。

「這是菜單，妳要不先看著，想好了再叫我？」柯采依好脾氣說著。

李湘兒瞄了一眼，蹙眉道：「這都是什麼亂七八糟的粗食啊，能入得了口嗎？」

「我這裡本來就是小吃店，賣的就是尋常小吃，如果妳想吃山珍海味，那請出門左轉去大酒樓吧。」

李湘兒翻了個白眼道：「吃慣了山珍海味，有時候確實會想吃點山野粗食，就像男人有時候會對路邊的野草看上一眼，但終究不會長久，因為還是家裡的鮮花更香。」

柯采依看著李湘兒得意洋洋的臉，嗤笑了一聲，慢悠悠的將菜單收回來，因為她知道李湘兒根本不是來吃東西的。

她抿了抿嘴唇道：「李小姐的話很有一番道理，只不過有時候人哪總會對自己位置的認識有些偏差，誤以為自己是鮮花，其實呢不過是野草而已。」

「妳什麼意思？」李湘兒站起身，狠狠的瞪著她。

柯采依聳了聳肩膀。「我沒什麼意思啊，只不過順著李小姐的大道理發表一下自己的見解。」

「別以為我不知道妳在拐著彎罵我。」李湘兒氣得胸脯一鼓一鼓。「妳也不照照鏡子，就憑妳還想攀陳家的高枝，少作白日夢了。我今兒來就是想給妳個提醒，以後少去招惹我表哥，他就算現在對妳有點興趣，那也只是一時的。」

「咦？好酸的味道。」柯采依小手在鼻子前搧了搧，一臉嫌棄的模樣。

李湘兒不明所以，看了看周圍，又抬起胳膊聞了聞自己身上，沒味道啊。她腦筋一轉，反應過來，氣沖沖道：「妳在諷刺我！」

柯采依撣了撣袖子，淡定開口：「看來妳還沒有太笨。」

「妳算什麼東西，也敢教訓我？」李湘兒一臉憤恨的指著她。「我告訴妳，我一定要讓表哥看到妳的真面目。」在李湘兒看來，柯采依肯定是在陳晏之面前裝成柔柔弱弱的小白花，但私底下卻是個蛇蠍心腸。她怎麼會讓這種女人接近表哥呢？絕對不行。

「就怕妳不敢。」

柯采依斂起笑容，冷冷道：「李小姐，如果妳是來吃東西的，我歡迎至極。但如果妳是來找碴的，恕我不奉陪了。妳愛和誰告狀就去和誰告狀，愛說什麼說什麼，我懶得管，門在背後，請妳離開，不要在這裡大呼小叫，影響我做生意。」

「妳……妳這破爛鋪子，請我來我還不來呢！」李湘兒被噎得話都說不索利了，她還沒碰到這麼不給她臉色看的女人。是不是給她的訊息有誤，這哪裡像個村姑，簡直是……村霸。

「那就請離開吧。」柯采依現在笑臉都懶得擺出來了。

李湘兒看了看周圍還有幾個食客正張望著她們，便故意大聲說道：「這什麼亂七八糟的東西，看著就噁心，我勸各位還是小心一點，小心吃壞了肚子。」

「李小姐，妳說話要有憑有據，妳都沒有點東西，何來噁心一說。我看在妳是陳公子的表妹分上，對妳一再忍讓，如果再胡說八道，別怪我不客氣了。」柯采依活動了下拳頭，面無表情道。

「怎麼？妳還敢打人？」李湘兒有點怕了，這村姑可能真的幹得出來。

「妳可以試試。」柯采依冷冷的盯著她，她當然不會隨便打人，但是丟出去還是可以的。正好許久沒有使功夫了，找個機會練練，省得荒廢了。

李湘兒被她凌厲的眼神震得後退了一步，心裡發怵。好女不吃眼前虧，她哼了一聲，一甩帕子頭也不回的往外走，跨門檻的時候，因為太著急一個踉蹌差點被絆倒，丫鬟趕緊上前扶著她。李湘兒低聲咒罵了一句，一扭一扭的走了。

「會不會有什麼事啊？」周巧丫好奇得緊，一直躲在門後偷聽，李湘兒一走，她就冒了出來。

「我行得正，坐得端，怕什麼。」

柯采依給被打擾的幾位食客賠了個笑臉，便又回到廚房忙碌起來。

「我怕她跑去跟陳公子亂說一通，搬弄是非，影響你們之間的關係。」周巧丫跟進廚房，輕輕戳了下柯采依的腦門，一副恨鐵不成鋼的表情，真是皇帝不急，急死太監。

柯采依抿了抿嘴唇，笑道：「我和陳公子又沒啥，只是朋友而已。」

「是嗎？人家都表示得這麼明顯了，妳還不承認？」周巧丫撞了下她的胳膊，笑著打趣道。明眼人都看得出來陳晏之對柯采依不一樣，但他們就是不捅破那層窗戶紙。

柯采依臉上隱隱發燙，趕緊轉移話題。「哎呀，妳還有這功夫待在後廚，趕緊去前面看著了，小心有客人來都沒人接待。」

周巧丫瞧她不好意思了，便笑著走開，走了兩步忍不住回頭補了一句：「逃避是沒用的。」

柯采依張牙舞爪的朝她揮了揮手，暗道看來巧丫還是不夠忙，還有空在這裡八卦。

柯采依暗暗嘆了口氣，上輩子她在感情上還真沒有太多經驗，一心只想著賺錢擺脫苦日子。如今面對陳晏之，她承認對他有不一樣的情愫，但卻也不敢往前走。這個時代的人在感情和婚姻上的觀念畢竟和她是完全不一樣的，她無論如何接受不了所謂的三妻四妾。

其實柯采依心裡曾經想過大不了就一輩子不成婚，專心的把柯均書和柯采蓮撫養長大就好了，一個人開間小吃鋪，樂得逍遙自在，男人從來不是她人生的必備項。

可偏偏又遇到了陳晏之，他對她的好，她不是沒有感覺。

只是兩人不僅門第相差懸殊，而且憑他的地位能做到一輩子只娶一個女人嗎？她心裡的確沒有把握。

這不就冒出個所謂的表妹來了，表哥表妹，很是般配。

柯采依晃了晃腦袋，暗道別想了，八字還沒有一撇，想那麼多做甚。

不知道李湘兒回去和陳晏之說了些什麼，傍晚陳晏之就來了，彼時柯采依正準備打烊。

「陳大哥吃過晚飯了嗎？」柯采依臉色如常，請陳晏之入座。

「還沒有，我是專門到妳這裡來吃點東西的。現在還剩什麼，隨便來點吧，腹中真的有點餓了。」

柯采依想了想，給他下了盤薺菜豬肉餡的餃子。這個時節的薺菜最嫩最鮮了，薺菜很吸油，剁碎後吸飽了豬肉的油脂，一咬就是滿口濃郁的湯汁。

陳晏之真的是餓了，一口一個，配上她自製的蘸料，很快將一盤餃子吃個精光。

現下也沒有其他食客，柯采依坐在他對面，咋舌道：「你吃飽了嗎，不夠我再下點麵條？」

「不用了。」陳晏之嚥下最後一口緩了緩，又喝了一口雞湯，滿足道：「今天在外面談事情跑了一整天，旁的東西吃不了幾口，不知怎的就總是惦記著妳這裡的東西。」

柯采依捋了下頭髮，嘴角一彎。「那簡單，你什麼時候想吃儘管過來，我一定給你做。」不論什麼時候，被誇吃食做得好吃總是令她很開心。

「這是妳說的，我可記下了。」陳晏之望了柯采依一眼，終於提到了這次來的目的。「李湘兒來過妳這裡是不是？」

「她果真跑去找你了？」柯采依無語望天，這大小姐真的閒著沒事幹。「她都和你說什麼了？」

陳晏之挑眉。「她會說什麼，我想妳應該能猜到。」

「也是，不外乎說我是個惡毒的、低賤的女人，還有叫你離我遠一點之類的吧。」

柯采依聳了聳肩膀，毫不在意的說道。

「妳一點都不生氣？」陳晏之想到李湘兒在他面前撒潑哭鬧的樣子，再看著柯采依雲淡風輕的模樣，暗覺好笑。

「為了不相干的人生氣不值得，容易老得快。」柯采依努了努嘴，手撐在桌子上，湊近他道：「我更好奇的是，你相信她的話嗎？」

「我在妳眼裡就是這麼是非不分的人嗎？」陳晏之勾唇笑了一下。「放心吧，以後她不會再來打擾妳了。」當時李湘兒在他面前說了一通，陳晏之一個字都沒聽進去，反倒把李湘兒教訓到哭著跑開，不過他心裡絲毫沒有愧疚。

希望如此吧。

柯采依心裡並不是很樂觀，這個李湘兒太驕縱了，一看就不是個肯善罷甘休的主。

她撇了撇嘴，不動聲色的說道：「陳大哥，你這個表妹對你可真是一往情深啊，看見你身邊出現個女的，就懷有深深的敵意。」

陳晏之聞言嘴角微翹，淡淡道：「我可以理解為妳在吃醋嗎？」

「當然不是，怎麼可能，你想多了。」柯采依立即否認，她吃醋，怎麼可能！

接著她好似不經意的問道：「我只是好奇而已，她為什麼對你佔有慾這麼強？你們是不是有什麼特殊的關係啊，是青梅竹馬那種嗎？」

陳晏之盯著柯采依有點緊張的臉，笑道：「她其實是我一個遠房姨母的女兒，因我那位姨母和我娘小時候玩得很親，所以她來我家走動比較多，我娘也交代我多照顧她一點，僅此而已。至於其他的，只是她一廂情願，妳別多想。」

「我哪裡有多想什麼。」柯采依低下頭，不敢再繼續問下去了，不然就真的變成好像她在吃醋盤問一樣。

陳晏之心想姑娘家到底臉皮薄，打趣了她兩句，就不好意思起來了。為了調節尷尬的氣氛，他便換了個話題道：「對了，過兩天就是一年一度的廟會了，妳這裡有什麼打算？這可是打響柯記小吃名聲的好機會啊。」

柯采依聞言眨了下眼睛，開玩笑道：「這可是商業機密，豈能隨便告訴別人？」

「這麼神秘。」陳晏之被逗樂了，配合道：「那我就等著嘗美食了。」

第二十四章

雖說廟會上老百姓主要是去廟裡祈福燒香，但是經過這麼多年的變化，廟會也早已成為老百姓們交易買賣的一大盛事了。廟會期間，縣衙特許周圍十里八鄉的流動攤販齊聚城裡，到時候街上賣美味吃食的、雜耍賣藝的，還有各種手藝人等等，真是熱鬧非凡。

柯采依的柯記小吃正好在去往廟裡的必經之路上，為了這個打響名聲的好機會，柯采依早就開始計劃。

柯采依想起在上輩子的世界裡，各大城市美食街必備的炸物、串烤、麻辣燙，雖然很簡單粗暴，但總是最吸引顧客。開張那日做的鹽酥雞就是最好的證明，這幾日總是有客人點名要吃鹽酥雞。

打定了主意，柯采依便照著這個計劃準備起來。

正月二十五。

柯采依早早就開門，鋪子門前有一塊空地，她在空地上放置了兩個鐵爐子，上面放著兩口大鐵鍋，一口倒入半鍋油，一口則盛滿了麻辣湯底。鐵鍋前面放著找工匠訂製的鐵架子，鐵架子上擺著一排排串好的食材。這些全是柯采依和周巧丫、吳衛等人花了一個多時辰才串好的。

羊肉、里肌、腰子、雞翅、小黃魚、海蝦、臘腸、毛肚、肉丸子等等以及各色素菜，應有盡有，早就提前醃製調味過了，或炸或煮，都能滿足食客的需求。

柯采依這邊負責炸，而另一口鍋添入麻辣湯底後，只需把食材放進去煮即可，沒有太大難度，周巧丫就負責麻辣燙和收錢。

至於吳衛，鋪子裡面的買賣也不能停，三管齊下。

隨著日頭逐漸升高，街上的人漸漸多了起來，有一家人集體出行的，也有三兩好友結伴而來的，有說有笑，好不熱鬧。

柯采依的鋪子所在的這條街本來並沒有太多擺地攤的，現在也多了不少，幸虧她自己早早把鋪子門口佔住，不然被別人佔了位置，還真不好趕走。

街上的商販賣胭脂水粉的、書畫筆墨的、點心零嘴的……各式各樣的叫賣聲不絕於耳，開始有了廟會的氣氛。

柯采依他們自然也不甘落後，大聲叫嚷起來。

劉室像往年一樣，到廟裡燒了灶頭香為全家人祈福之後，就開始在街上閒逛起來，只是東看看西看看，不管怎麼看，賣的這些什物都和去年差不多花樣，一點新鮮感都沒有。

劉室頓覺索然無味，便想打道回府，快走到路口時，忽然有一股濃郁的香味鑽入他的鼻孔。

好香，太香了！

他使勁聞了聞，四處張望，到底是什麼東西這麼香？

這時他聽到旁邊走過幾個人，他們嘴裡高聲嚷著：「快快，在那邊，去晚了要排隊。」

劉室聞言來了好奇心，提起腳步跟上去，走沒兩步就見一家小吃鋪門口熙熙攘攘，已經排了兩行隊。他走上前去，那股香味更濃了，就是這裡了，到底賣的是啥？

他站在一旁看了看，只見一個少女站在鐵鍋前，拿著一雙超長的筷子正在翻動著油鍋裡的串串，鍋裡的熱油嗞嗞作響，一股青煙裹挾著肉的香味飄蕩在空中。她翻動了一會兒便挾起來一串丸子，用油紙包著木柄，遞給前面的食客，用清脆的聲音說道：「小心燙嘴，這裡有辣椒粉和辣椒醬，請自便。」

劉室只是旁觀了一下，嘴裡就開始分泌口水了，這個小吃以前沒有見過，他必須得嘗嘗，便趕緊跑到隊尾老老實實排起隊來。

終於輪到他時，他才發現還有一口鍋裡正翻滾著紅通通的湯底，湊近了就能聞見一股濃重的麻辣味。

「客官想吃些什麼？」柯采依笑著問道，從開張後就沒停下來過，她額頭的汗水都來不及仔細擦，可是心裡卻覺得很快活。

劉室有點犯難，猶猶豫豫道：「我可不可以兩種都來一點？」

「當然可以。」柯采依咧嘴道。

劉室便挑選了想吃的食材，一半炸，一半燙。

柯采依動作麻利的做好了遞給他，他拿到手裡後呼呼的吹了吹熱氣，一口咬下一個炸的肉丸子，咀嚼了兩下，眼睛驀地瞪大，太好吃了。肉丸子外酥內嫩，咬一口嘴裡便爆出湯汁，微微有些燙口，但是味道鮮香，配上辣椒粉，一口一個完全停不下來。

羊肉串十分厚實酥軟，肉質鮮嫩，肥肉部分的油脂已經被完全逼了出來，油油潤潤的，羶腥味全無，一口下去那叫一個滿足。

麻辣燙也好吃，豆乾在麻辣鮮香的湯裡浸煮過後，拿在手裡還顫顫巍巍的滴著湯汁，又麻又辣，和炸物味道大不相同，令人食慾大開。

他從來不知道普通得不能再普通的馬鈴薯這麼好吃，特別綿軟，入口即化。

劉室三兩口就把炸串和麻辣串吃完了，仍意猶未盡，看了看排得熱火朝天的隊伍，毅然決然的又繼續排隊去了，這回得多買點。

這個時候上街的人大多數都是來嘗嘗平日裡沒有吃過的新鮮小吃，進鋪子裡吃飯的倒不多，吳衛空閒著，便也從後廚跑來幫忙。

柯采依前面的隊伍排了老遠，她瞇著眼睛瞧了瞧，心裡計算了一下，不得不攔住還想排的食客，賠禮道：「對不住各位了，今天做的快要賣完了，別排了，明天請早。」

食客們一臉遺憾，再三確認明天會繼續賣，才一步三回頭的走了。

而隊伍裡的食客，則慶幸自己來得早，更暗自打算明天要來得更早一點。

吳衛加入後，三個人動作更快了，才半天多就把所有的食材都賣完了。

「呼。」周巧丫伸了下腰喘了口氣，懶洋洋道：「這半天把我給累得夠嗆，片刻不得休息，腿都站痠了。」

「但是一切都值了，賺了好多。」她一邊說著一邊晃了晃錢袋，笑得眼睛都瞇起來了。

柯采依一邊收拾著鍋具，一邊笑道：「這幾天得辛苦大家了，等忙完了廟會，給大家發大紅包。」

周巧丫和吳衛聞言歡呼一聲，幹得更帶勁了。

柯采依的柯記小吃鋪開張沒幾天就靠著炸物和麻辣燙逐漸打出了名聲，來的食客越來越多。她還根據這幾日買賣的情況，調整了一下食材，增加了鹽酥雞、無骨雞柳和椒鹽蘑菇，果然這幾種炸物非常受歡迎。

柯采依加上巧丫、吳衛三個人都快忙不過來了。

陳晏之站在門檻處看著柯采依忙忙碌碌，心裡暗暗佩服，她腦子裡怎麼這麼多點子。

好不容易等柯采依可以稍微休息一下，陳晏之遞給她一方手帕。「擦擦汗吧。」

柯采依看了一眼，笑著接了過來。

陳晏之望了望因為食材賣完而失望離去的食客，勾唇笑道：「妳這一炸一燙，可真是抓住了食客的胃，那香味整條街都聞得見。」

「你沒聽過那句話——油能解饞，一般人家家裡做菜捨不得放太多油，沒油又不好吃，所以他們一看到我這油炸的小吃以及油汪汪的麻辣燙，必定會被吸引的。」柯采依得意洋洋的說道。

「妳倒是會猜食客的心思。我相信這兩道小吃會有很大的市場，所以我想和妳談一筆交易。」陳晏之正兒八經的說，從見到柯采依的這兩種小吃後，他的心裡就有了這個想法。

「什麼交易？」

「我想和妳買這兩道小吃的方子，引進我的酒樓。」

「陳大哥你要買我的食方？」柯采依瞪大了眼睛。

「對，雖然咱們是朋友，但是這帳該怎麼算就怎麼算，如何？」

柯采依樂出聲來說道：「陳大哥，這何須什麼方子？你信不信過不了幾天街上就會出現很多模仿我的炸串和麻辣燙的攤子了，難道我還能一一跑去跟人要錢嗎？你想賣就賣吧。」更何況這炸串和麻辣燙算不得她的獨創，其實這個時代也不乏炸物，只是食材和配料大不相同罷了。

「那怎麼行？別人是別人，我不能讓妳吃虧，我們泉喜樓不會掙昧著良心的錢。」陳晏之堅持道。

柯采依沒奈何，眼珠轉了轉道：「那好吧，我也不收你什麼食方錢了，我把配料、湯底都教給你，你只需要在賣的時候宣傳一下我們柯記小吃就行了，就算咱們互幫互助了。」

陳晏之聞言抿嘴道：「別人如果手裡有這麼個賺錢的好法子，恨不得賺盡它身上的每一分錢，妳倒是慷慨，這麼做不會後悔？」

「陳大哥又不是別人，你平日裡幫了我很多忙，這次就算我回報了。」柯采依脫口而出。

陳晏之深深的看著她真誠的眼眸，垂首笑了笑，沒有再堅持。

柯采依說到做到，親自到泉喜樓將配方和配料悉數教給了趙師傅，他如今還是泉喜樓的大廚，又新招了徒弟，這次他可是好好挑了挑人，手藝不是最重要，最看重的是人品。

得知柯采依將食方無償教給他，趙師傅對這個年紀輕輕的姑娘更加佩服。

泉喜樓隨即就打出了新的菜單，並在旁邊寫上「柯記小吃獨家秘方」。

柯記小吃在廟會這幾天已經在城裡出名了，尤其是鋪子門口每日排的長隊，簡直成了廟會上的一大奇觀。但也因為隊伍太長了，有不少食客望而生怯，實在懶得排，排了也不一定買得到。

於是當泉喜樓也賣了柯記小吃的同款小吃時，那些懶得去排隊的食客一個個都跑來點單，想嘗嘗到底有多好吃。

這一吃不得了，泉喜樓的同款都這麼美味，那柯記小吃自己做的豈不是更好吃？於是到柯記小吃排隊的人更多了。

蹭著泉喜樓的大招牌給自己的小店引流，柯采依心裡想著這就是廣告的魅力啊。

廟會進行到一半的時候，有一個更盛大的活動，就是賞燈。賞燈會持續三天，老百姓白天逛廟會，晚上就去賞花燈。

整個城裡都張燈結綵，連很多大門不出二門不邁的大家閨秀都會出來遊玩賞燈，這一天也是很多青年男女相會的好時機。

以前柯采依一家從沒有參與過這樣的盛會，如今住在城裡，自然不能錯過。連周巧丫都嚷著一定要參加，還告知了周大青晚上不回去，賞完燈就在柯采依這裡睡下了。有柯采依作伴，周大青也放下心來，就由妹妹去了。

這一天，柯采依等人賣完所有小吃後，早早關門為晚上賞燈做準備。

柯采依成日裡混在油煙當中，突然發覺自己好久沒有好好打扮一下了，為了這次賞燈會，她把上輩子的化妝技巧都拿出來了。

她選了一件月牙白和淡粉色相交的刺繡長裙，平日裡下廚時總包在頭巾裡的一頭烏髮也垂放下來，在側面鬆鬆的綰了個辮子，插著一支淡雅的梅花簪，娥眉淡掃，眉心間畫了一朵粉紅色的花鈿。對著鏡子瞅了瞅，別有一分嬌媚。

女為悅己者容，不過這裡的「己」是她自己。

周巧丫被柯采依的梳妝技術給折服了，趕緊讓她也給自己打扮一下。周巧丫身量不高，勝在丹鳳眼柳葉眉，眼波流轉，頗為勾人。

柯采依按著周巧丫的五官給她精心化上妝容，再換上嫩綠色的衣裙，巧丫盯著銅鏡裡的自己，瞪著眼睛，都快認不出來了。

「這還是我嗎？」周巧丫捂著臉蛋不敢置信道。

柯采依給她梳好頭髮，笑嘻嘻道：「當然是妳了，我們巧丫本來就是個美人胚子。」

周巧丫從小娘親去世得早，家裡就一個爹和一個哥，沒有其他女人可以和她分享這些穿衣打扮的事。以前她不在意，也沒有條件去想這些，如今看到這樣精心梳妝過後的自己，心口激動得怦怦跳，畢竟沒有哪個女人不愛美。

「這麼漂亮的姑娘，不知道哪家的郎君能有這個福氣唷？」柯采依忍不住打趣她。

周巧丫轉身撓她的癢，嗔笑道：「采依，哪有姑娘家自己說這些的，不害臊。」

柯采依笑著後退，討饒道：「好了好了，我錯了。」

「哼。」周巧丫扠著腰，憋著笑意道：「我看是妳動春心了吧，打扮這麼美是不是為了陳公子啊？」

「誰說女人打扮一定是為了給男人看啊，妳這種想法太膚淺了。」柯采依輕哼一聲。

周巧丫撇了撇嘴，裝作一副不揭穿她的樣子，其實暗地裡憋著笑。

打扮了一通後，天色也黑了，不像往日一到天黑就沒什麼人，這會兒反而人聲鼎沸起來。

「走咯，賞燈去了。」柯采依和周巧丫牽著柯均書和柯采蓮喜孜孜的出門。

街上舉目望去，到處掛著精美的燈籠，尤其是靠著河邊的那條街，整排燈籠黃澄澄的燈火掩映在河面上，好像天上的繁星傾瀉下來一般，美不勝收。

柯采依一行人也去買了燈籠，這裡的手工匠人手藝高超，除了傳統的圓燈籠和長方形燈籠，還有各種不同形狀的燈籠，柯采蓮挑了個小兔子形狀的，柯均書則選了個五彩斑斕的魚形燈籠。

柯采依和周巧丫挑了花朵燈籠，四個人提著燈籠混入了人流之中。

「采依妳看，前面那裡人好多，我們過去瞧瞧。」周巧丫指著不遠處的人群興奮不已。

待他們走過去才發現原來是猜謎的，猜謎是賞燈會最受歡迎的遊戲之一了，小小的攤子前圍了不少人。

柯采依幾個人好不容易擠進去，就見眼前擺了一排紅燈籠，每個燈籠上都貼著謎面，只要花一文錢就可以猜，猜中謎語就可以抽獎，獎品大到銀兩，小到各種小玩意兒。

這真是賺錢的一個好方法，既滿足了很多人想要猜謎的慾望，又吸引很多想贏得禮品的人。客人一多起來，你一文我一文的，老闆口袋就賺得滿滿的。

周巧丫小聲道：「采依咱們要不要猜，猜謎我可不會。」她大字都不認識幾個，更別提猜謎了。

「猜。」柯采依毫不猶豫道，這麼好玩的遊戲，豈能不試試，想想上輩子她可是猜謎好手。

柯采依俐落的付錢，老闆笑意盈盈的指著一個燈籠上的謎語。「姑娘，請猜這個。」

謎面是：「船板硬，船面高；四把槳，慢慢搖。」

周巧丫皺著眉頭想不出來，柯采依眼珠一轉，立即嚷聲道：「這是河裡的王八。」

巧丫一聽恍然大悟，可不就是王八，高興著說道：「采依妳真厲害，咱們可以抽獎了。」

老闆拿出一個小箱子，箱子上有一個洞。「姑娘猜中了，請抽。」

柯采依低下頭，對柯采蓮笑道：「采蓮，妳來抽。」

柯采蓮肉肉的臉蛋咧出一個笑容，興奮中帶點緊張的伸手進去抽了一個小紙團，老闆接過去攤開一看。

「這位小姑娘抽中了撥浪鼓一個。」老闆立即大聲嚷起來了，不忘給圍觀的客人宣傳：「各位看看這位姑娘，一猜就中了，只要你來猜，咱們這裡中獎的機會是很高的。」

老闆這麼一說，圍觀的人各個摩拳擦掌，等著想猜。

柯采蓮抽中了東西，高興得原地直蹦，接過撥浪鼓就晃動起來。

「繼續猜。」柯采依興致正高。

「第一道謎語比較簡單，現在加大難度了。」老闆只當眼前的姑娘是誤打誤撞解開了第一題，接續念著謎面。「白蛇渡江，頭頂一輪紅日，猜一物。」

老闆得意洋洋的昂起下巴，說道：「姑娘請吧。」

這道有點難度了，圍觀的人交頭接耳，可就是猜不出。

柯采依眉頭緊皺，腦筋飛快的轉著。

老闆看著她為難的模樣，笑道：「姑娘猜不出也不打緊，這題過了，咱們再換一題。」反正只要繼續出錢就是了。

柯采依想了一會兒，腦中靈光一閃，抿了抿嘴，笑道：「誰說我猜不出？」

她環顧了周圍一圈，自信的大聲說：「謎底就是油燈。」

老闆當即目瞪口呆，真的讓她猜中了。

「為什麼是油燈？」周巧丫想不明白。

「油燈上的白線是為白蛇，桐油就是江，紅日就是焰火。」

「妙啊。」周巧丫經她一提醒，立即想明白過來，拍手稱讚。

「姑娘真聰明。」老闆豎起大拇指，被猜中了也不惱。

這回換柯均書抽，抽中了一把精美的摺扇。

柯采依又猜了兩回，猜是猜中了，但是卻沒有抽中獎。當然如果次次都能抽中，那老闆也得虧大了，柯采依和周巧丫只得自嘲她們兩個大人還沒有小娃娃手氣好。

猜謎也猜夠了，四個人繼續邊吃邊逛，手裡拿著竹簽子串好的糖糍粑粑，用油煎過，甜滋滋、軟糯糯的。

正當柯采依四個人慢悠悠的閒走時，後方突然衝過來一群人，嘴裡喊著：「前面大春班在表演雜耍了，趕緊去看啊！」

柯采依一行人避之不及，被突然奔過來的人群擠散開來。等到那群人走過了，柯采依才發現本來一直牽在手裡的柯采蓮不見了。

「巧丫，妳有沒有看見采蓮？」柯采依的心猛的提起來。

「沒有啊，采蓮不是被妳牽著嗎？」周巧丫手裡緊緊拉著柯均書，此刻聽見采蓮不見，臉色也不大好了。

「采蓮！」柯采依於是急忙高聲喊著她的名字，還拉住好幾個路人問有沒有看到一個穿粉紅色衣服的小女孩。

天色已黑，靠著燈籠也只能看得朦朦朧朧的，人又多，路人哪裡會注意呢，那麼個小丫頭眨眼就不見了。

周巧丫一邊幫忙找人一邊安慰柯采依。「采蓮一定是剛剛被人群衝散了，她一個小丫頭走不遠的。」

柯采依怎麼能不心急，賞燈會上人這麼多，魚龍混雜，如果碰上了拍花子怎麼辦？一時之間被拐賣的孩子遭虐的悲慘畫面湧上了柯采依的腦海，一向鎮定的她手心開始發汗。

柯均書也著急了，小小的人兒扯著喉嚨喊。可是不論他們怎麼喊名字怎麼找，采蓮就是沒影兒了。

柯采依急得像熱鍋上的螞蟻，正考慮要不要去報官時，采蓮軟軟的聲音忽然在她背後響起。

「姊姊，我在這裡。」

柯采依一轉頭，只見陳晏之牽著柯采蓮的手，站在不遠處一棵掛滿了燈籠的樹下。那一刻，柯采依終於感受到了什麼是驀然回首，那人卻在燈火闌珊處。

柯采依小跑過去，一把將柯采蓮摟在懷裡，聲音裡都帶著點哭腔。「嚇死姊姊了，妳沒事吧？都是姊姊不好，沒有牽住妳。」

柯采蓮輕輕拍了拍她的背，神情一點也沒有害怕。「姊姊我沒事，陳哥哥一下子就找到我了。」

柯采依上下仔細打量了一下柯采蓮，確定她沒事才終於放下心來。

她站起身剛想開口，陳晏之打斷了她，笑道：「哎，不要說謝謝，顯得很生分。」

此時周巧丫牽著柯均書也趕了過來，得知柯采蓮被陳晏之找到了，大家著實都鬆了一口氣。

那頭陳峋之看見柯采依，也奔了過來，阿福跟在他身後不停喊著：「二公子，你跑慢點。」

三個娃娃湊到一起，便不想分開了，於是一群人便決定一起逛燈會。

周巧丫含笑瞧了瞧柯采依和陳晏之，和阿福心照不宣的對視了一眼，兩個人自覺的帶著三個娃娃快步走在前面，留下他們兩個人並肩走在後面。

柯采依瞪著前面兩大三小的背影，暗暗磨著後牙槽，巧丫也太不夠意思了，幹麼丟下她一個人，突然好尷尬。

周圍人來人往，嘰嘰喳喳的聲音不停，很是熱鬧喧囂。可不知怎的，柯采依卻覺得好安靜，安靜到似乎能聽到心跳聲。

都怪這賞燈會營造的氣氛，她在心裡默默為自己辯解。

柯采依和陳晏之默默的走了一會兒，一時之間兩個人都沒有說話。陳晏之想起平日裡見到的柯采依，總是風風火火的樣子，給食客推銷小吃特別伶牙俐齒，難得看見她有如此安靜的時候。

他低頭瞥見柯采依嘟著嘴，憋著笑率先找了個話題打開了沈默。「妳很會猜謎啊。」

「你都看見了。」柯采依訝異道，她完全沒察覺陳晏之就在旁邊。「只是瞎貓碰上死耗子罷了。」

其實從柯采依一行人出現後，陳晏之就發現了他們，畢竟他早就在等著她了。

柯采依撓了撓太陽穴，嘆息一聲道：「今天又是你幫我了，我好像欠你的人情越來越多了。」

「我都說了只是舉手之勞，不必記掛在心。」陳晏之聲音放柔道：「再說我一直把采蓮當成自己的妹妹，她的事就是我的事。」

「可是欠了你這麼多人情，我怕還不起啊。」柯采依最怕欠人情債，因為有時候真的很難還。

「我從沒有想要妳還。」陳晏之毫不猶豫的回道。

柯采依望著他的眼睛，他的眸子閃閃發亮，表情十分認真。柯采依突然不敢看他，偏過頭看向遠方，心跳得很快。

「采依，快來放河燈了。」周巧丫他們早就走到了河邊，賞燈會上除了欣賞那些玲瓏滿目的燈籠外，還有一大盛事就是放河燈祈福。

柯采依一聽巧丫在叫她，扯了個笑容道：「我們去放河燈吧。」說完也不看陳晏之的臉色，落荒而逃似的跑開了。

河邊已經圍滿了等著放河燈的人，周巧丫好不容易找著個空位，從旁邊的攤子那裡買了幾只河燈，河燈製成了蓮花形狀，裡面放置著小小的蠟燭。

柯采依點上蠟燭，輕輕的將河燈放入河中，小小的河燈便隨波流淌。此時河中已經放入了不少河燈，一盞一盞的燈光交映下，美得彷彿夜空裡的銀河。

這裡的人放河燈是為逝者悼念，為生人祈福，柯采依不知道到底有沒有用，只是此時此刻也不禁暗暗懷念起上輩子的朋友們。穿越到這裡才大半年而已，那個世界就好像恍如隔世了，柯采依心裡百感交集。

「妳在想什麼？」陳晏之的聲音突然在她的耳畔響起。

柯采依本來正想得入神，陳晏之的聲音嚇得她踉蹌一步，腳下一滑，差點就要跌入河中。

陳晏之眼疾手快，立馬摟著她的腰往回一拉。

柯采依站定後拍了拍胸口，緊張道：「好險好險。」

她穩了穩心神後，才發現自己此刻被陳晏之摟在懷裡，掙脫了一下沒能掙脫開，陳晏之反而緊了緊胳膊。

柯采依一抬頭，目光就直直的撞進了陳晏之的雙眸裡，他的眼睛裡好似有一團火，燙得柯采依面紅耳赤。

兩個人此刻誰都不出聲，彷彿僵住了。

雖然賞燈會上是青年男女相會的日子，但是柯采依終究覺得大庭廣眾下摟摟抱抱不太好看，咳了一聲說道：「陳大哥，你可以放開我了。」

陳晏之偏頭笑了笑，並沒有放手，而是柔聲問道：「妳剛剛在為誰祈福？」

「就為弟弟妹妹，還有朋友們。」柯采依疑惑道，他為什麼問這個問題？

陳晏之低聲道：「裡面有我嗎？」

柯采依沈默著，沒有回話。

陳晏之不介意她的沈默，注視著她的眼睛，認認真真的說道：「我的祈福裡都是妳。」

柯采依瞪大了雙眼，心跳快了一拍。

柯采依被陳晏之灼熱的目光盯得受不住，忍不住偏頭看向一旁。

周巧丫和阿福早不知道什麼時候帶著三個娃娃躲開了，而旁邊放河燈的人也不見了，此刻這個小角落裡就剩下他們兩個人。

柯采依輕輕從他的懷裡掙脫開，轉身背對著陳晏之，撫著胸口調整呼吸。

「采依，妳聽懂了我的意思嗎？」陳晏之望著她紅通通的耳朵，啞著聲音問道。

柯采依結結巴巴道：「我、我不懂。」

「妳是真不懂還是裝不懂？」陳晏之輕笑一聲。「采依，我喜歡妳，這下妳明白了吧。其實這句話我放在心裡很久了，我覺得是時候告訴妳了。」

柯采依盯著自己的腳尖，陳晏之突如其來的表白，令她心裡亂成一片。

柯采依沈默片刻，轉過身看著他，為難道：「陳大哥，你的心意我不是沒有感覺，可世人都說門當戶對，你的家世又如此不一般，這點自知之明我還是有的。」

「妳在擔心這個？上次妳已經見過我爹娘了，我娘很喜歡妳，到現在時常念叨著妳。」

「上回你娘只是把我當作一個普通的客人，如果這層關係一旦發生變化，她的態度可能就不一樣了。」

「我爹娘從不會強迫我做任何事，再者從小到大我決定要做的事情，還沒有人能阻礙得了，包括我祖父在內。」陳晏之微微彎腰，緊張的問：「現在我只想問妳一個問題，妳對我是什麼感覺？」

柯采依還從未見過陳晏之這般緊張的神色，他永遠是一副胸有成竹、從容不迫的樣子，好似什麼事情都難不倒他。他會這麼緊張，是不是意味著他真的很在乎她呢？

柯采依心頭千迴百轉，剎那間湧現了很多念頭。

陳晏之見她猶猶豫豫的樣子，握住她的手，柔聲道：「采依，妳對我也不是毫無感覺的，對嗎？當然如果妳覺得我的話太突兀，我可以等妳想清楚了再回我。」

柯采依的手被陳晏之握在手裡，放在他的胸口上，能清楚觸摸到他的心跳，跳得很快很快。就在這一瞬間，柯采依輕輕回握住了他的手。

陳晏之感受到柯采依手心的溫度，眼睛一亮，雙手握得更緊了。

柯采依臉上泛起一片紅暈，雖然她不知道這段感情的未來會如何，但這一刻她不能欺騙自己的心，她的確對陳晏之早就動心了。

她決定給自己，也給陳晏之一個機會。

柯采依輕聲道：「陳大哥，你的心意我明白，只是我有件事也想和你說清楚。」

「是什麼，妳說？」陳晏之笑著問，確定了她的心意，此刻他的心裡一片歡喜。

柯采依抿了抿嘴角，開口道：「我父母早亡，只留下我和弟弟妹妹，書哥兒和采蓮年紀還小，我曾經對著爹娘的墳前發誓，一定會撫養他們長大成人。」

「這個妳可以放心，我會幫妳一起照顧他們的。」陳晏之也早就把柯均書和柯采蓮當成了自己的弟弟妹妹，他喜歡她，自然打算接受她的一切了。

「你先聽我說完。」柯采依正正經經的說。「我知道你待他們像親哥哥一樣，可是我不能什麼事都依靠你。而且我剛開了小吃鋪，我想好好經營做出自己的事業，這樣將來和你站在一起，才不會被別人說閒話，你懂嗎？」

柯采依說得很認真，陳晏之盯著她的眼眸，沈聲道：「我懂，我從來沒有想過要妳放棄自己的事業。」

「真的？」柯采依偏頭疑惑道：「我以為你們男人都不喜歡自己的女人在外面拋頭露面的。」

「妳承認是我的女人了？」陳晏之憋著笑打趣道。

柯采依瞋了他一眼，嘟囔道：「你的重點歪到哪裡去了？」

柯采依含羞帶怒的一個眼神，撞得陳晏之的心怦怦跳。他走近一步，聲音變得低柔道：「如果我在意這個的話，一開始就不會想要認識妳。」

「誰知道你當初安的什麼心思。」柯采依被他的眼神盯得有點不好意思，轉過身面對著河流，輕輕撫了撫發燙的臉頰。

陳晏之望著她的後腦勺，低頭輕輕的笑了笑。

「哇，放煙花了！」河對岸突然有人放起了煙花，頓時引來了許多人在河邊駐足欣賞。

柯采依這會兒顧不得害羞了，連忙轉過頭對陳晏之笑著嚷道。

「好美的煙花。」柯采依情不自禁的感嘆道，絢麗的煙花在天空綻放，花火映襯在河面上，和一盞盞河燈交相輝映，美得令人窒息。

柯采依突然感覺手心一片溫熱，她低頭一看，原來是陳晏之握住了她的手。他裝作什麼都沒有發生一樣，輕咳了一聲，偏頭道：「快看煙花，一會兒就沒了。」

柯采依瞧著他一本正經的模樣，噗哧笑了出來，她沒有點破，由他去了，但還是忍不住輕輕回握了他的手。陳晏之沒有低頭看，嘴角卻勾了起來。

第二十五章

柯采依的小吃鋪已經逐漸步入正軌，每日光顧的食客絡繹不絕。當初為了廟會推出的炸物和麻辣燙也寫進了菜單，如今可是鋪子裡最熱銷的小吃。

柯采依已經將這兩樣小吃都教給了吳衛，他學東西很快，人又勤奮肯吃苦，柯采依對他是越來越滿意。

話說自從燈會後，陳晏之每日有空便來她的小吃鋪坐坐。

周巧丫自從知道那日河邊發生了什麼事後，心裡著實為好姊妹感到高興。她本以為像陳晏之這種貴公子，就算有喜歡的人也是高高在上的，卻沒想到他如此放得下身段，日日到小吃鋪來，就為了趁著柯采依空閒能和她說上幾句話。

陳晏之原來是個癡情種，這是周巧丫對他的評價。

這一日，店裡客人已經不多了，後廚有吳衛顧著，柯采依便到前面幫忙。她朝門外張望了好幾遍，暗道今天怎麼還沒有來。

說來奇怪，以前她從不在意陳晏之會不會來，但是自從燈會那日捅破了那層紙後，她的心裡有時也會患得患失，好像一切都變了。

「別瞧了，這桌子都要被妳擦掉一層皮了。」周巧丫突然躥到她的身邊，語氣裡充滿了打趣的味道。

柯采依尷尬的笑了笑，收起抹布說道：「我只是在看有沒有客人上門而已。」

「是嗎？」周巧丫故作疑問道：「那個客人是不是姓陳啊？」

「哼，妳又笑話我。」柯采依知道周巧丫又在取笑她，作勢要撓她的癢癢，周巧丫笑著直往後躲。

「嗯哼。」

就在這時，柯采依聽到一聲冷哼，她回頭一看，李湘兒正攙著一個婦人走進鋪子，那個婦人竟是陳晏之的母親。

柯采依立馬放下抹布，上前歡喜道：「夫人，您怎麼來了？」

陳夫人輕輕拍了拍柯采依的手，溫柔笑道：「要不是湘兒和我說妳在城裡開了鋪子，我還不知道呢，所以今天特地來看看妳。」

「其實我搬來也沒有多久，本來也打算找個日子去拜訪您。」柯采依不動聲色的瞥了一眼李湘兒，後者一臉挑釁的看著她。柯采依暗暗翻了個白眼，轉頭請陳夫人入座，又叫周巧丫給她們添上茶水。

陳夫人環顧了一圈鋪子，只見佈置得整整齊齊，食客們都埋頭苦吃，那副吃相看得她都有了食慾。陳夫人笑了笑，道：「聽說妳的小吃鋪在這一帶都出名了，有什麼好吃的給我推薦推薦。」

「夫人稍坐一會兒，我親自去給您做。」柯采依朝周巧丫使了個眼色，兩個人便轉頭去了後廚。

周巧丫一走進廚房，就氣呼呼道：「那個李湘兒又來做什麼，上次丟臉丟得還不夠嗎？還有那個好美好美的婦人是誰啊？」

「那是陳大哥的親娘。」

「啊，她來做什麼？」

柯采依扯了扯嘴角。「她來做什麼不重要，重要的是李湘兒打什麼主意。」

李湘兒殷勤的給陳夫人倒水遞點心，端著笑容輕聲細語道：「姨母，您是不知道柯姑娘這家店的生意做得有多好，咱們今天還是來得晚了一些，要是不早點來，指不定連坐的位子都沒有呢。」

「這都是采依姑娘自己有本事，做的一手好菜。」陳夫人一臉欣慰道。

李湘兒嘴角抽搐了一下，她帶姨母來可不是為了專門來誇柯采依的。她瞟了一眼四周，低下頭貌似害羞道：「只不過到底女眷還是不方便常常來。幾天前我來過一次，滿堂都是大男人，還有些直接從碼頭過來的工人，大剌剌的袒露著胸脯吃飯，可是嚇壞了人。」

自從上次在柯采依這裡吃了癟，又被陳晏之教訓了一頓後，李湘兒心裡著實堵得慌。她雖然仰慕陳晏之，但也確實害怕他。所以被他訓了一下，就真的在家裡消停了幾天。

然而她又從陳家的僕人那裡打聽到陳晏之和柯采依在賞燈會那天在河邊摟摟抱抱、卿卿我我，嘰嘰咕咕說了半天話。陳家僕人都在傳他們公子看上了柯采依，指不定以後要娶進門，還誇柯采依上輩子積福，這輩子才能被陳晏之看上。

這下怎麼得了！

李湘兒已經把柯采依痛罵成不知廉恥勾引她表哥的浪蕩女人，她覺得不能再這麼拖下去了，萬一真的讓柯采依登陳家的門，那她豈不是一點機會都沒有了。

李湘兒心想陳晏之已經被柯采依迷住了，現在和他怎麼說都沒用，這時她只能去找姨母。陳夫人可是正兒八經的名門出身，是大家閨秀，她的眼光一向都是很高的。父母之命媒妁之言，陳晏之又是個孝子，只要陳夫人看不上柯采依，那這事就成不了。

所以李湘兒就迫不及待帶著姨母來柯采依的小吃鋪，目的就是想讓她看清楚柯采依是如何拋頭露面，到處和男人勾勾搭搭的，這樣的女人有什麼資格進陳家的大門。

然而陳夫人聽了李湘兒的話後，臉色未變，抿了口茶水，淡淡說道：「一個姑娘家在外面開店做買賣，的確是不容易。聽說她還要撫養弟弟妹妹，難為她了。我以前在她這個年紀，還躲在深閨裡什麼都不懂呢。」

「姨母說得是。」

李湘兒眼皮垂下，臉上還是一副恭敬的模樣，暗地裡氣得牙癢癢，她在心裡不停告誡自己要沈得住氣。姨母只是還沒有看清柯采依的真面目而已，只要再多待一會兒，一定會改變看法的，反正她還有後招。

這回她可是有備而來。

柯采依麻利的給陳夫人做好了吃食，這會兒不是飯點，她料想陳夫人應該不會很餓，故而給她準備了一份三鮮小餛飩，是以豬肉、蝦仁和青魚肉調和而成的餡料，兌以雞湯，雞湯裡還撒了些細碎紫菜和蛋皮絲。

和三鮮小餛飩搭配而食的是蘿蔔絲油墩子，這是最近她又推出的新小吃。

還記得上輩子讀小學時門口常常有賣油墩子的，只用最便宜的白蘿蔔和麵糊就能炸出鮮嫩的美味。她到現在都記得被剛起鍋的油墩子燙到嘴不停呼氣的感覺，當然那股子香酥清甜的味道至今也無法忘懷。

「夫人、李小姐，這是三鮮小餛飩和蘿蔔絲油墩子，請品嘗。」

陳夫人一看到小巧玲瓏、晶瑩剔透的小餛飩，臉上就露出喜色。其實她現在腹中一點都不餓，來這裡的主要目的是瞧瞧。本來她還擔心上的吃食太多，沒想到柯采依是個有眼力見兒的，這點東西不多，她吃得下。

陳夫人嘗了一口小餛飩，皮薄肉嫩，味道極鮮，她的胃口一下子似乎被打開了，一口一個停不下來。

她又挾起黃燦燦的油墩子，雖是油炸物，但是被新鮮的蘿蔔絲中和了味道，一咬就是滿口蘿蔔絲的脆爽清甜。

本來只是打算隨便嘗嘗的陳夫人，不知不覺就把自己那份給吃了大半，她滿足後便放慢進食速度，瞧見李湘兒那碗餛飩幾乎都沒怎麼動，不解道：「湘兒，妳怎麼不吃，不合胃口嗎？」

「不是的，我只是來之前剛剛吃了點心，有點吃不下。」李湘兒扯了扯嘴角回道，這種粗俗之物豈能入口，更何況是柯采依做的，吃了更添堵。

柯采依似笑非笑的看了眼李湘兒，這位小姐還挺能裝的。

陳夫人不疑有他，偏頭笑道：「采依，自從上回吃了妳做的那個生日蛋糕，我這心裡就一直惦記著，連以前常常吃的點心都越發覺得沒滋味了。這回又吃了妳做的這個小餛飩和油墩子，總算滿足了。」

「夫人，您要是喜歡，以後常來，我親手做給您吃。」

「那就這麼說定了，我們家的廚子其實廚藝也不錯，跟了我們很多年了，但吃了這麼多年實在有點膩了。而且他不擅長做小吃，我剛剛看了妳的菜單，一大半都是我沒吃過的，我想我得常來才行，一、兩回還吃不完。

「難怪我那兩個兒子總是念叨著妳，特別是峋之，嚷嚷著妳做的東西好吃，家裡的飯菜總是不好吃，煩人得很。」

柯采依抿了抿嘴角，笑道：「峋哥兒這個年紀的娃娃就是這樣的，大多不愛在桌上正正經經吃飯，旁的小吃倒是喜歡得緊。」

「對對，就是這樣。」陳夫人點頭附和，她想著柯采依的弟弟妹妹和峋之差不多年紀，估計平日照顧他們吃飯也和她一樣，越想越覺得和柯采依有許多共同話題可聊，恨不得又提出認她做乾女兒。

李湘兒臉繃得緊緊，這兩個人相談甚歡，她一個人在旁邊乾坐著，彷彿不存在似的。她忍不住插嘴道：「柯姊姊一個人開店，也沒個大人，不知道安不安全？」

「挺好的，城裡治安不錯。」柯采依勾起嘴角說道。既然李湘兒裝作忘記了上回的不歡而散，她也不會主動提，她倒要看看李湘兒想使什麼招。

「那就好。」李湘兒緩緩的說。

這時，三個男人甩著胳膊抖著腿走進鋪子，往中間的空桌子一坐。

其中一個派頭最大，穿得也最好的男人一隻腳抬起踩在凳子上，嚷嚷道：「老闆呢？怎麼沒人招呼客人？」

原本站在櫃檯處的周巧丫連忙走過去，小心翼翼道：「幾位客官，想吃點什麼？」

「妳是老闆？」那男人摸了摸下巴，不懷好意的眼神上下打量著周巧丫。

「不是。」周巧丫被他看得發毛，這個男人下流的眼神有點可怕，怕是個流氓。

「妳不是過來幹什麼，叫你們老闆來招呼。」旁邊的兩個小弟也拍著桌子，附和著要老闆來。

「夫人，我過去招呼一下客人。」柯采依看著這三個流裡流氣的男人，心裡起了警覺，恐怕不是來吃東西這麼簡單。

不過在他們沒有惹事之前，柯采依還是保持笑容，問道：「客官，我是這家小吃鋪的老闆，你們想吃點什麼，我們這裡的小吃種類很多的。」

旁邊的一個小弟嘖嘖道：「東哥，這個小老闆長得真是標緻啊。」

中間那位叫東哥的男人摸了摸下巴，涎著臉笑道：「老闆，妳仔細給我們說說都有什麼好吃的，然後再坐下來陪老子吃點。老子一高興，說不定多給點飯錢。」

說罷三個男人就放聲大笑了出來。

柯采依咬著後牙槽，他們果然不是來吃東西，是來找麻煩的。

她收起笑臉，冷聲道：「我們這裡是賣吃食的，不提供陪聊，恐怕你找錯了地方。」

「哎喲，老闆生氣了，這生氣的模樣更可人了。」東哥露出一口大黃牙，湊近一點道：「老闆怎麼翻臉不認人了，以前妳還在大街上擺攤的時候，可不是這麼說的。那會兒哥哥長、哥哥短的喊我，可是親熱的很呢。」

「你胡說什麼，我根本不認識你。」柯采依眉頭緊皺，這男人剛剛還完全不知道這裡的老闆是誰，現在卻說以前就認識她，她的心裡升起不好的預感。

「怎麼胡說了，老二，咱們以前時不時常常去這位老闆的酸辣粉食檔，她是不是陪我吃過飯？」東哥朝旁邊的小弟使了個眼色。

小弟連忙應和道：「記得記得，的確有這麼回事。」

「聽說妳現在傍上了個富家公子，是不是以為可以野雞變鳳凰，便裝作不認識哥哥了？」

柯采依怒目道：「你嘴巴放乾淨點，我再說一次我從沒有見過你，這裡不歡迎你們，請出去！」

「你們別胡來，小心我們叫人了。」周巧丫見柯采依有麻煩，也立即衝了過來站在她的身邊。

柯采依瞥了陳夫人一眼，只見她站起身來，一臉凝重的看著這邊，而李湘兒臉上露出似笑非笑的神色。

李湘兒瞧了兩眼，便湊到陳夫人耳邊輕聲道：「姨母，柯姑娘似乎和那男人是舊識啊，其實她在外面做生意，見多識廣，認識的人多也不奇怪。只是不知道兩個人是什麼關係，會不會是她的相好啊？」

李湘兒邊說邊注意陳夫人的神情，只見陳夫人眉頭緊皺，剛剛的笑顏全不見了。她心裡暗暗得意，她一定要讓這種到處和男人勾勾搭搭的女人的真面目公諸於世。

此時鋪子裡除了陳夫人她們，角落裡還坐著三、四個食客，他們也都放下筷子，張望著這邊。

「請你們出去，要不然別怪我不客氣。」柯采依不想在鋪子裡把事情鬧大，於是再下了一次逐客令。

「開門做生意，哪有趕客人的道理？」東哥完全沒有把柯采依的話放在心上，兩個柔柔弱弱的女人有什麼可擔心的。「我們只是想要老闆坐著陪大家吃點東西說說話，又沒有要妳幹別的。」

東哥不懷好意的笑了笑，站起來說道：「難不成老闆想幹點別的？」

說完他就伸手往柯采依的臉上摸去。

柯采依一把抓住東哥的手腕，使勁將他的胳膊反剪在背後，東哥立刻發出殺豬般的叫聲。他想抽回胳膊，奈何完全動彈不得，這女人的勁怎麼這麼大。

「我給過你機會了。」柯采依加重力氣，對付這種流氓不需要心軟。

東哥罵罵咧咧。「臭婊子，敢動妳老子，妳不想活了，快放開我！」

柯采依一聽「臭婊子」三個字，更來氣了，將東哥身後的凳子踢走，接著一腳踢在他的膝蓋彎處，他立即痛得單膝跪地。柯采依立即踩住他的小腿，讓他動彈不得。

「你們還不上，替我教訓這臭娘兒們。」這時旁邊的兩個小弟才從老大被一個女人制伏的震驚中反應過來，揮舞著拳頭就想往前衝。

周巧丫知道柯采依手裡有功夫，可是看到她一對三，心裡也擔心得要死。正想找點東西幫忙，這時吳衛聽到前廳的打鬧聲，揣著根擀麵杖衝了出來，看見眼前的情景都懵了。

周巧丫一見擀麵杖，眼睛發亮。「這個好。」

她一把拿過擀麵杖，往柯采依那裡一拋。「采依，接著。」

柯采依接住擀麵杖，一棍子揮在老二的背上，將他打趴在地，半天爬不起來。

另外一個小混混見狀，嚇得不敢上前，嚥了嚥口水，手抖了抖，撒腿丟下老大跑了。

柯采依用擀麵杖拍了拍東哥的臉，譏笑道：「你這個老大真沒用啊，小弟管都不管你，臨陣脫逃了。」

這一刻，周巧丫覺得柯采依更像個女流氓。

她和吳衛趕緊過去制住了那個躺在地上的老二。

柯采依放下擀麵杖，微笑道：「還要不要本姑娘陪你吃飯啊？」

「不敢了，真的不敢了。」東哥真的怕了，都說五指連心，他的手指現在都快被她扳斷了。萬萬沒想到這麼個小破店的老闆居然是個練家子，這次真是虧大了。

原來也是個欺軟怕硬的貨。

他討饒了，可是柯采依現在並不想輕易放過他，他們來鬧事的背後一定不簡單。

「我以前根本沒見過你，你為什麼要說認識我，還編派謠言？」

「我只是圖個嘴癮。」東哥顫抖著嘴唇道。

柯采依一眼看出他眼神游移不定，厲聲道：「你在撒謊，是不是有人指使你來鬧事的？」

東哥搖搖頭。「沒有，真的沒有。」

「采依，這種人的話不能信。」周巧丫氣憤道。

柯采依點點頭，冷哼一聲道：「本來我想你從實招來的話，這事我就算了，反正我也沒什麼損失。但是既然你不說，那我們就去見官。我要告你擅闖民宅、敲詐勒索、調戲良家婦女，還有造謠誹謗，毀我名譽。這裡這麼多人都是我的人證，我想縣太爺的板子應該能讓你說實話。」

「別別，我說我說，是有人指使我來的。」東哥一聽嚇壞了，他已經進過幾次牢房了，上回縣太爺就警告他，要是再犯事就牢底坐穿。

「是誰？」

「是個女的，她給了我三十兩，讓我今天來這裡找妳的麻煩，還要、還要散播和妳早就相識，甚至有親密關係。那什麼酸辣粉食檔，我根本沒去過，都是她告訴我的。」

「如果你再見到她，你還認得出來嗎？」柯采依往李湘兒那裡瞅了一眼。

「認得，認得！」

「那她現在在這裡嗎？」

「啊？」東哥不明所以的四面看了看，接著道：「不在這裡。」

柯采依看了眼李湘兒緊張兮兮的模樣，心想難道猜錯了？不是她，又會是誰呢，誰會那麼想要搞臭她的名聲呢？

「我已經把所有知道的都說了，能不能放了我？女俠，大女俠，這次是小人有眼不識泰山，還望女俠饒我這一次，以後我一定再不做混帳事，重新做人。」東哥戰戰兢兢的跪在地上，腿都快痲了。

「你還在什麼地方散播過我的謠言？」柯采依腳下使勁，加重語氣問道。

東哥慘叫一聲，大聲哀號。「痛痛痛！沒有了，真的沒有，都還沒來得及。」

旁邊的老二聽著一向耀武揚威的老大歇斯底里的叫聲，突然慶幸自己只被擀麵杖揍了一棍，便老老實實趴著，一下都不敢動。

「采依，這到底是怎麼回事？」陳夫人終於坐不住了，她剛才聽得糊裡糊塗，只知道這幾個男人上門找麻煩。本來還為柯采依擔心，正打算派丫鬟去找人來幫忙，沒想到他們卻是不中用的，居然兩三下就被柯采依打趴下了。

「夫人，這幾個小混混不知道受誰的指使，跑來鬧事，還想散播謠言毀我名節。」

「什麼！居然有這種事，青天白日的，王法何在啊？」陳夫人養尊處優慣了，事事不需操心，哪知人間險惡，一時之間受到不小的衝擊。

柯采依對著李湘兒意味深長道：「李小姐，沒嚇著妳吧，妳的臉色看起來不大好啊。」

李湘兒扯了個笑容道：「我沒事，只是從沒遇過流氓混混，稍稍驚著了。」

「那就好，要是嚇壞了妳，倒成了我的罪過了。」柯采依哂笑道。

李湘兒顧不上柯采依話裡話外的譏諷，手心攥緊了帕子，小心翼翼問道：「妳打算怎麼處置他們？」

「處置誰？」柯采依還沒來得及回答，陳晏之的聲音突然在背後響起。

「娘，您怎麼在這兒？」

陳晏之大步走進鋪子，一頭霧水的看著眼前的情況。

「晏之，你來得正好，剛剛有幾個小混混來找柯姑娘的麻煩，萬幸柯姑娘把他們制伏了。」陳夫人趕緊把情況都告訴兒子，陳晏之一來她立馬有了主心骨。

陳夫人撫摸著胸口，鬆了一口氣道：「沒想到柯姑娘會拳腳功夫，要不然這一屋子弱質女流真不知道怎麼辦才好。」

「怎麼回事？妳還好吧，有沒有怎麼樣？」陳晏之連忙走到柯采依身邊，緊張的上下打量著她。聽到她差點出事，他的心瞬間提了起來。

「我沒事，我的功夫你是知道的。」柯采依笑了笑，給了他一個放心的眼神。

陳晏之眉頭緊皺，他今天就晚來了一會兒，就出了這種事。他想著還是得安排幾個人保護她才行，之前曾經向她提過這件事，但是柯采依嫌太招搖而拒絕了，而且她有功夫在身，一般人傷不了她。

但是這種事不怕一萬，就怕萬一，他打算這次不告訴柯采依，暗地裡安排幾個人。

「既然你來了，你說說該怎麼處置他？」柯采依偏頭問他。

東哥欲哭無淚，他這下終於知道自己惹了不該招惹的人物了。他不停求饒道：「公子，我真不知道這位姑娘和您的關係，那個人找我的時候只說是她招惹了不該招惹的人，想給她點教訓而已。我錯了，再也不敢了。」

陳晏之臉色陰沈，冷聲道：「送他去見官，既然你見過那個女人，那就讓縣衙的畫師畫出來，然後全城找，我就不信找不到。」

東哥一聽立馬癱軟在地，陳晏之朝外面喊了一聲，阿福立即帶著幾個下人進來把東哥和他的小弟拖走了。

李湘兒有點慌了，結結巴巴道：「這會不會太大動干戈了？畢竟柯姑娘也沒有吃虧，得饒人處且饒人。」

「怎麼沒吃虧？這種謠言一旦散播開，對姑娘的名譽是多大的傷害。」陳夫人也覺得自己這個外甥女這話說得不妥當，略帶不滿道：「湘兒，有善心是好事，但不應該用在這種人身上。」

「是，姨母，怪我沒考慮那麼多。」李湘兒察覺陳夫人語氣中的不耐，立刻又裝作柔弱聽話的樣子。

陳晏之不動聲色的看了看自己的這位表妹，今天她太奇怪了。

李湘兒根本不敢抬頭看陳晏之，生怕被他看出什麼來，心裡直打鼓。

「對了，你來做什麼？」等東哥被帶走後，陳夫人終於想起來為什麼自己兒子會來這裡。

柯采依和陳晏之眼神對視了一下，立馬低下頭，她不知道怎麼回答，交給陳晏之了。

「你瞅著人家采依做什麼？我問你呢。」陳夫人越想越覺得蹊蹺，這兩人看起來不是一般的熟稔，再聯想剛剛那個混混說柯采依勾搭上了個富家公子才招人嫉恨，這個富家公子不會就是她的兒子吧？

夭壽了，自己兒子招惹了好好的一個姑娘家，還害得人家陷入危險之中。

陳晏之暗暗斟酌著措辭，柯采依才剛剛答應他的表白，又言明不想招搖，他便打算著等穩妥一些，再尋個好時機告訴父母這件事。哪裡想到平日不常出門的母親會跑到柯采依的小吃鋪裡來，一時之間倒不知道如何開口。

陳夫人大概猜到了陳晏之對柯采依有意，顧念著姑娘家臉皮薄，她掐了一把陳晏之的胳膊，不顧柯采依古怪的眼神，拉著他走到一邊，輕聲道：「你是不是招惹了人家姑娘？」

「娘，您想到哪裡去了？」陳晏之看到親娘一副看浪蕩子的眼神，忍不住扶額，他還以為她是嫌棄柯采依出身不好想警告他，沒想到她是擔心他招惹了姑娘家卻不負責。

「您兒子是這種混帳嗎？」

「那幾個混混難道不是因為你才來找采依的麻煩？你別唬我，是不是在外面欠了桃花債？」陳夫人嘆了一口氣，語重心長道：「我和你爹雖然總想快點抱孫子，但是從不干預你的感情事，為娘也希望你找到自己喜歡的姑娘，但是如果讓我知道你在外面花天酒地，朝秦暮楚，絕不饒你。」

「絕對沒有這種事。」陳晏之再三保證，陳夫人才放下心來。

「這次的事我會好好調查，其實我心裡已經有眉目了。」陳晏之冷冷的回望了一眼忐忑的李湘兒，又朝柯采依笑了笑。「至於采依的事，回去再與您細說。」

陳夫人得到兒子的保證後，又親親熱熱的拉著柯采依的小手，蹙眉道：「也不知道會不會有流氓同夥來報復？采依，妳要不這兩天別開門了。」

「夫人，您剛才看見我出手了，不怕的，來一個打一個，來一雙打一雙。」柯采依揮了揮拳頭，臉上沒有一絲擔心的神情。

陳晏之搖了搖頭，不贊同的說道：「妳別逞能，雙拳難敵四手。再說妳自己不怕壞人，那巧丫還有書哥兒、采蓮怎麼辦，妳一個人照看得了這麼多人嗎？」

柯采依沈默片刻，這的確是個問題。她瞄了一眼一直默不作聲的李湘兒，她還是覺得此事和她脫不了干係，可是偏偏又沒有證據。

陳晏之猜到了她心裡所想，淡淡的說道：「總之在事情查清楚之前，我會派幾個人來保護你們，這次妳不能拒絕了。」

「好吧。」柯采依無奈的點頭答應。

被冷落在一旁的李湘兒看著這三個人一派祥和的氣氛，恨得牙癢癢。

失策了，沒想到姓柯的野丫頭居然會拳腳功夫，這下不僅沒有令陳夫人對她心生厭惡，反而更親密了。

不過現在她最著急的不是陳夫人和柯采依的關係，而是東哥被抓進去了。東哥雖然沒見過她，但和她的丫鬟接觸過。如果真的讓縣衙的畫師畫出來，那就糟了。

李湘兒從柯記小吃鋪離開後，和陳夫人道別，就匆匆往家裡趕去。她慶幸的是今天帶出門的不是那個丫鬟，所以沒有被東哥當場認出來，只要她現在趕緊回去解決，事情就不會暴露。

沒有暴露，她就還是陳家的表小姐，只要她能得到姨母的歡心，那她就還有希望進陳家的門，她不會讓柯采依有機可乘的。

李湘兒心慌意亂的埋頭往前走，絲毫沒注意身後有人在跟著她。

「小姐，您這是做什麼？」翡翠看著眼前已經收拾好的包袱，戰戰兢兢道。

「還不是怪妳辦事不力，讓妳找人教訓一下柯采依，結果妳找的什麼草包，幾個大男人連一個女人都打不過。」李湘兒越想越來氣，柯采依那一臉嘲諷的笑容彷彿還在眼前無法散去。

翡翠一聽立刻跪下，慌慌忙忙道：「小姐，我都是按照您的吩咐辦的啊。」

「現在人已經被抓到官府去了，他見過妳的面，如果認出妳來，我就完了。表哥一定不會原諒我的，我絕不能讓這種事發生，所以只能讓妳暫時先去鄉下避避風頭，現在馬上就走，我會派人送妳出城。」李湘兒忐忑不安的走來走去，不停想著還有沒有什麼漏洞。

翡翠哭得抽抽搭搭，鄉下已經沒什麼親人了，回去了可怎麼活。府裡以前也有被打發走的丫鬟，可是沒有一個還能回來的。

李湘兒聽到她的哭聲更加心煩意亂，不耐煩道：「妳哭哭啼啼做什麼，我只是讓妳出去躲一下，等風頭過了，表哥不再追究這件事了，我再派人把妳接回來。不過如果讓我知道妳在外面亂說話，妳知道後果的。」

「不會的，小姐。我什麼都不知道，也不會說。」翡翠知道李湘兒心意已決，反抗無用，只得拿起包袱，順從的跟著家丁出府。

李湘兒看著翡翠單薄的身影，心裡閃過一絲不忍，畢竟翡翠在身邊伺候了五年。然而比起被陳晏之發現的危險，犧牲她就算不得什麼了。

送走了翡翠，李湘兒的心稍微安定下來，腦子裡不停琢磨著接下來該怎麼做。剛剛在柯記小吃鋪，明眼人都看得出陳晏之對柯采依多麼在意，處處護著她，連陳夫人也對她頗為滿意，一點也沒有嫌棄她在外面拋頭露面。

這個不知道哪裡冒出來的村姑竟然得到她努力了很久所追求的東西，叫李湘兒心裡如何不記恨。

就在李湘兒琢磨對策時，一個家丁跌跌撞撞的跑進來，慌張道：「小姐，不好了，翡翠走到城門口就被人帶走了。」

「什麼！是誰？」李湘兒猛的站起身來，瞪大眼睛道：「他們把翡翠帶去哪裡了？」

「不知道啊，那個帶頭只說是秉公辦事，身上還帶著刀，我們根本攔不住。」

李湘兒聽到「秉公辦事」四個字，心一下子就提到了嗓子眼，手有點發抖，喃喃道：「不可能，他們不可能這麼快發現的。」

正當她想打發家丁去查翡翠被帶到哪裡去時，一個丫鬟來傳話道：「小姐，陳公子來了，老爺讓您去前廳見客。」

「表哥怎麼會來？」翡翠被帶走了，很少來她家的陳晏之卻在這個時候上門，李湘兒心裡直打鼓，隱隱升起了不好的預感，她想著要不要裝病不去了。

「小姐，老爺讓您務必趕緊過去。」丫鬟見她猶猶豫豫，又催了一遍。

看來是躲不過去了，李湘兒滿腹心事的來到前廳，一進門就見本應該出城的翡翠跪倒在地，而陳晏之端坐著，面無表情的看著她走進來。

「表哥，你來了。」李湘兒壓住不安的情緒，扯了個笑容，接著說道：「爹，您急著找女兒來有什麼事？」

李老爺哼了一聲，指著跪在地上的翡翠怒氣沖沖道：「這到底是怎麼回事？」

「女兒不懂。」李湘兒佯裝鎮定道。

李老爺一副恨鐵不成鋼的表情。「剛剛晏之和我說，妳在外面找流氓去欺負一個姑娘家，有沒有這麼一回事？」

「表哥，你從哪裡聽到的謠言？你不能因為柯采依受了委屈就遷怒於我啊，以前我是和柯采依有過不和，但我也不會因為這點小事就去害人哪。」李湘兒言之鑿鑿，一臉委屈樣，連李老爺都懷疑是不是冤枉了女兒。

陳晏之放下茶杯，站起身來，以壓迫性的身高優勢俯視著李湘兒。「那幾個混混已經認出了翡翠，指證就是她花錢讓他們去找柯采依的麻煩，而翡翠是妳的貼身丫鬟，妳還敢說與妳無關？」

李湘兒後退一步，慌亂道：「肯定是翡翠自作主張，好妳個賤婢，竟敢背著我做出這種事。表哥，既然查清楚了是她做的，我這個做主子的不會包庇她，要打要發賣都隨你。」

翡翠不敢置信道：「小姐，這些都是妳讓我去辦的啊！因為陳公子喜歡柯采依，妳嫉妒她，才說要把她的名聲搞臭的。」

「妳胡說！」李湘兒氣急敗壞道：「表哥，你別聽她的，我沒有做，真的不是我。」

「妳糊塗啊！」李老爺一聽就大致明白了，他早知道女兒喜歡陳晏之，本來還指望她能討得陳晏之的歡喜，嫁進陳家，也好鞏固他們家與陳家的關係。可現在她竟然做出這種事，那麼婚事就是癡心妄想了，都怪他平日太嬌慣她，才養成她這種囂張跋扈的性子。

陳晏之冷笑道：「李湘兒，妳以為旁人都是傻子嗎？翡翠與柯采依無冤無仇，為什麼要去害她，而且她也拿不出那麼多銀子買通流氓。除了妳還會有誰？」

「我、我……」李湘兒被堵得說不出話來。

「我早就跟妳說過，不要去招惹柯采依。」陳晏之此刻的眼神冷若冰霜。「現在我再說一遍，妳聽清楚了，我不喜歡妳。本來我們還能保持表哥表妹的關係，是妳自己不珍惜。」

「表哥，你這是什麼意思？」李湘兒抖著嘴唇問道。

「我最後一次顧念親戚的情分，這件事就到此為止。我不會對妳怎麼樣，但是從此以後妳不要再來我家，我也不會見妳。」陳晏之說完朝李老爺行了個禮，轉身便朝外走。

「表哥，你不能這麼對我！」李湘兒哭著喊出聲，伸出手就想抓住陳晏之。

李老爺迅速抓住她的胳膊，然後把她往地上一推，怒斥道：「不要再丟人現眼了，他已經饒過妳了，妳繼續糾纏下去，難道想去吃牢飯！」

李湘兒心如死灰，趴在地上哭得鼻涕眼淚一大把。

李老爺長嘆一聲，他們家本來就是仰望著陳家的鼻息生活，哪裡敢得罪陳晏之。雖然陳晏之說放過李湘兒，但如果這件事傳出去，讓別人知道李家有這麼個善妒心毒的女兒，他的臉面也該丟盡了。所以他當天就匆匆忙忙把李湘兒送到鄉下的一個莊子去了，打算過段時間趕緊給她找個婆家。

第二十六章

「還不是你招的桃花債。」

爐灶上一口小小的砂鍋正咕咕的冒著熱氣，清甜的米香隨著煙氣慢慢散開。柯采依一邊切著臘腸，一邊顧著和陳晏之說話。

陳晏之一開始就懷疑與李湘兒有關，便故意當著她的面說出會找畫師畫出那個買通東哥的女人，李湘兒果然害怕了，一回去就急急忙忙想把翡翠送走。

而陳晏之派出去跟著她的人等翡翠走到城門，便直接帶她去了縣衙，事情便一清二楚了。

李湘兒故意帶陳夫人去柯記小吃，再找流氓當眾調戲柯采依，好在陳夫人面前營造出柯采依品行不端的印象。

可惜天算不如人算，她沒有預料到柯采依並不是她想像中傻乎乎的村姑。

柯采依一點都不驚訝，女人嫉妒起來是很可怕的。

「這怎麼能怪到我頭上？她是一廂情願，我並沒有給過她任何希望。」陳晏之一臉無奈。

柯采依輕笑一聲。「恐怕除了李湘兒，外面不知道還有多少被你的皮相迷住的姑娘呢？」

「她們與我何干，我關心的只有一個人。」陳晏之含情脈脈道。

柯采依臉上羞紅一片，心裡美滋滋，嘴上依然不依不饒道：「男人的嘴，騙人的鬼。」

「妳剛剛說了什麼？」陳晏之望著柯采依緋紅的側臉失神，沒聽見她的話。

「沒說什麼。」柯采依笑著打了個哈哈。

陳晏之的注意力被砧板上切成薄片的臘腸吸引，笑道：「妳這是要做什麼？」

「這個叫做煲仔飯，我知道你剛剛一直忙著，肯定都沒有來得及吃飯，在這裡吃點東西再回去吧。」

陳晏之嘴角微勾。「好。」

柯采依看了看爐子的火候，掀開砂鍋蓋子，米飯已經差不多七、八分熟了。她將切好的臘腸均勻的鋪在米飯上，又沿著煲邊淋入調好的豬油，煲仔飯鍋底能不能形成鍋巴就靠它了。

接著蓋上鍋蓋，繼續燜上一刻鐘。

趁著這個功夫，柯采依又燙了一把青菜，調好醬汁。

陳晏之本來不覺得餓，可是剛剛掀起蓋子的瞬間，那股香味鑽入鼻子，頓時覺得腹中空空了。

柯采依見他一臉饞相的樣子，忍俊不禁道：「馬上就好了，你去前面坐著，我給你端過去。」

陳晏之坐下沒一會兒，柯采依便端著砂鍋過來了。

砂鍋蓋得嚴嚴實實，看不到真容，只隱隱聞見陣陣香味。

柯采依怕他等得著急，也不賣關子了，輕輕揭開鍋蓋，攤手道：「來，嘗嘗這道臘腸煲仔飯，你可是第一個品嘗的人。」

陳晏之仔細看向砂鍋，濃濃的鹹香味夾雜著米香隨著熱氣撲面而來，暗紅透亮的臘腸泛著油光，中間還窩著一個雞蛋，旁邊鋪著翠綠的青菜。

剛剛端上來的砂鍋還熱得很，底部散發著嗞啦嗞啦的聲響。柯采依趁熱將秘製醬汁淋在飯上。「可以吃了。」

陳晏之用勺子拌了拌飯，粒粒分明的米粒包裹著醬汁，變成棕黃色，臘腸的鹹香味滲入米粒中，入嘴微微燙口，那滋味真叫一個妙不可言。

雞蛋燜了沒一會兒，勺子輕輕切開一個小口，蛋黃便流了出來，滑嫩得很。

沒有鍋巴的煲仔飯是沒有靈魂的。

底部金黃色的鍋巴輕輕一鏟，全部脫落，一點也沒有黏鍋，焦香酥脆，香氣四溢。

陳晏之埋頭吃了大半碗，腹中稍覺飽意，才滿足的嘆了口氣。不需要煎炸炒，只是把米飯和臘腸蒸一蒸，就有這樣的美味，他對柯采依的廚藝更加佩服了。

柯采依瞧陳晏之吃飯的神情，便知道這道菜可以加入菜單當中了。

「妳就是這裡的老闆？沒想到這麼紅火的一家飯館的老闆居然是個嬌滴滴的小姑娘。」

說話的是一個虎背熊腰的壯漢，穿著一件棕色的貂裘，更顯得身形龐大，他旁邊坐著的一位同伴個頭也不小。和他們一比，鋪子裡的其他男人都顯得小巧玲瓏起來了。

壯漢聲音洪亮。「妳這裡的東西對我的胃口，我很久沒有吃得這麼痛快了。」

一桌子酸辣粉、煲仔飯、餃子、炸物吃得乾乾淨淨，盤子堆滿了一桌，食量著實驚人。

「客人喜歡就好，不知道您找我有何事？」柯采依本來還在廚房忙著，這位客人吃完東西不走，卻指名要見她。

「本人姓洪，單名一個田字，外面的人給我面子，都喊我一聲洪爺。」壯漢自報家門後，便也不兜圈子。「我有樁買賣想和柯老闆談。」

柯采依疑惑道：「什麼買賣？」

「紅薯粉的買賣。」

「哦？」柯采依頓了頓，來了興趣。

她想了想，鋪子裡人多嘴雜，便邀請洪田兩人到後院詳談。

原來洪田是北方來的商人，這回下江南是想囤一些有江南特色的東西，拉回去賣。正所謂奇貨可居，他們這些到處跑的商人掙的就是這個錢。

洪田他們一行人到了木塘縣便停下來休整，可巧了，洪田出來轉轉尋摸點好吃的，便來到柯記小吃鋪，一下子就愛上了酸辣粉麻辣酸爽的味道。

北方地區大多吃麵食，尋常人家吃的還是粗麵，根本吃不到南方這種軟糯順滑的粉。

當洪田得知紅薯粉可以曬乾儲存後，更是喜不自勝。要知道他們這些天南地北跑的商人，可能路上一走就是好幾個月，曬乾的紅薯粉正好可以長久儲存，不怕壞。

就算不做這個紅薯粉的買賣，為了自己也打算買上一車。

不為別的，就為了嘴上這一口。

想想他們平日裡風餐露宿，前不著村後不著店的時候，只能啃著硬邦邦的餅子充飢，有時真是難以下嚥。可如果有了紅薯粉就不一樣了，哪怕是在野外，只需搭個鍋，添點水，不需要什麼大廚，就可煮出一鍋熱氣騰騰的粉來。

有了這一口粉，便是在路上多走幾個月也是不怕的。

柯采依聽完洪田一席話，心裡也開始盤算起來。這是個好機會，可以乘機把紅薯粉做大，比起只在小吃鋪裡單賣明顯要更賺。

她好奇的問：「不知道洪爺想要多少？」

洪田一拍大腿，豪氣道：「只會多不會少，我們在外面跑一趟就是好幾個月，當然得多帶點貨。」

「您不怕萬一不好賣嗎？」這個時代交通不方便，導致做買賣也要冒著巨大的風險，一不小心就全砸自己手裡了。

洪田朗聲笑道：「在我手裡就沒有賣不出去的貨，更何況我已經吃過柯老闆做的粉，這麼好吃又不貴的東西，我敢打包票絕對不會滯銷。」身為商人這點敏銳性他還是有的。

柯采依笑著點頭道：「這倒不假，紅薯粉簡單易做，只要會下廚的人做出來的味道都不會太差，而且曬乾後容易保存，買多了也不怕幾天就壞了。不過我也得和洪爺說句實話，我就一家小吃鋪，平日裡做出來的粉差不多就供應我自己買賣而已，您現在一下子要這麼多，不是一、兩日做得出來的。」

「時間沒問題，我過幾日還要去一趟杭州，大概在江南這一帶待上二十多天左右，我想這麼長的時間足夠妳備貨了。」洪田每次下江南，都會到處去囤貨，順便發掘一些新鮮玩意兒，一時半會兒是不會離開的。

柯采依暗暗思量了一會兒，沒有當即答應他，而是委婉道：「這不是一筆小買賣，我需要再考慮一下。」便與洪田約定兩日後再給他答覆。

「這麼大的貨量？」柯采依將此事告訴了陳晏之，他聞言也有些訝異。

「妳對這人瞭解多少？」

「完全不瞭解，他是主動找上門來的。」

陳晏之略略斟酌了一下道：「我幫妳查一下這個人的底細，不怕一萬就怕萬一，做生意上還是要多留個心眼，知己知彼才更方便行事。」

柯采依也正有此意，便同意了。

很快陳晏之派出去的人就為柯采依帶來了洪田的詳細資訊。

「這個洪田是個人物，他自己有個近百人的商隊，在京城和山東也有自己的商戶。」

柯采依不解道：「既然他已經這麼有錢，為什麼還要在外面奔波？」這個時代在外面行商不只要忍受風餐露宿、跋山涉水的辛苦，還要面臨著生命危險，不說途中生病，就說路上可能遇到的強盜劫匪就夠可怕了，多少商人死在路上都沒人知曉。

陳晏之道：「就是這一點倒真是讓人佩服，說實話我都想結識他一下。」

柯采依很快就將這個疑問拋在腦後，歡快道：「既然洪田是個值得信賴的人，那麼這筆生意我做定了。」

這次柯采依不是像以前那樣只是家庭式小作坊，而是要做大規模。

「現在需要的就是人手和場地。」柯采依腦子迅速閃過很多念頭，手藝都不是問題，做紅薯粉並不難，教一教就會了，可是要在短時間迅速招到可以信賴的夥計和一個合適的場地並不是那麼容易的。

陳晏之瞅了瞅柯采依蹙眉思考的樣子，就猜到她在為什麼發愁了。

「嗯哼。」陳晏之故意咳了咳。

柯采依抬頭看他一眼。

陳晏之指了指自己，她好像還不大習慣找自己幫忙，無奈道：「妳眼前有這麼個大活人，妳難道不想問問他可以幫忙做什麼嗎？」

「是喔。」柯采依恍然大悟的笑了笑，以前總是不大好意思麻煩他，現在就算兩個人已經互相表白心意，她仍然沒有習慣。他在木塘縣有那麼多產業，找一個可以做紅薯粉的場地應該是很容易的。

陳晏之輕輕點了點她的額頭道：「我剛好有一棟空房子，可以給妳用來做紅薯粉，而且我還可以給妳調七、八個夥計，任妳使喚。」

「這樣會不會好像佔了你的便宜？」柯采依咬了咬唇，一拍手道：「算你入股好了，到時候也給你分錢。」

「入股？」陳晏之聽到這個新鮮詞，好奇的皺了皺眉頭。

柯采依笑嘻嘻道：「嗯，你提供場地和夥計，就是你入股的資本，而我提供技術，到時候掙的錢咱們分成。」

陳晏之聞言拉著她的手，嘴角微微勾起道：「何必算得如此清楚？妳知道的，我不是為了貪圖妳的錢。」

「我知道你是好意幫我，但是俗話說親兄弟還要明算帳呢，咱們現在還是該怎麼算就怎麼算，將來不至於落人口實。」

「妳的理由總是這麼多。」陳晏之見她這麼堅定，也不再強求。

他垂首專注看著她的臉道：「但是我希望以後妳遇到什麼問題，第一時間能想到我。」

柯采依晃了晃他的手，微笑道：「好，只要你不嫌我煩。」

他沈聲道：「永遠不會。」

有了陳晏之的幫忙，柯采依心裡有了譜，便立即答應了洪田，與他簽了紅薯粉的訂單，洪田也爽快的支付了一筆訂金。

陳晏之提供的房子離柯記小吃鋪不遠，房子有一個比較寬闊的院子，正好用來曬紅薯粉。

陳晏之最終給她派了十個夥計，全都是和陳家簽了賣身契的，對陳家忠心耿耿。陳晏之派他們來之前就交代以後一切聽柯姑娘的主意，倒不用擔心吃裡扒外的事情。

柯采依花了三天時間指揮大家將院落打掃乾淨，並且找工匠訂做了製作紅薯粉專用的器具。

柯采依還要做柯記小吃鋪的買賣，兩邊跑實在難以兼顧，好在她還有一個好幫手，就是周大青。在做紅薯粉上，周大青已經盡得她的真傳，完全可以擔當這十個夥計的師傅。

之前柯采依將從趙三娘那裡奪回來的田地租給了周大青，讓他著實忙碌了好一陣，直到前幾日才終於清閒下來。正好現在農事也沒有那麼忙，周大青也樂得來當這個師傅，每日只需花上個半天功夫來教夥計們做紅薯粉便可。

有了周大青的加入，紅薯粉作坊終於有條不紊的運作起來了。

柯采依每日只需在忙完柯記小吃鋪後抽點時間過去指導一下，順便把夥計們的伙食給包圓了。

柯采依深知吃飽了才有力氣幹活的道理，日日換著花樣給夥計們做吃的，或者是咬一口就爆汁的大肉包子，或者是鋪著厚厚一層羊肉的粉，又鮮又嫩，夥計們把湯汁都喝得乾乾淨淨，又或者是大鍋飯，肉蛋魚應有盡有，大米飯管夠。

夥計們待了幾天就感覺被餵胖了，東家待遇這麼好，幹活更賣力了。加上趕上好天氣，他們的動作又快又好，院子裡一批接一批的曬滿了紅薯粉。

大概估算了一下紅薯粉做出來的進度，柯采依總算放下心來。雖說與洪田約定的取貨時間還早，但總歸要考慮中間遇到的任何變故，早點做完最好。

這邊紅薯粉作坊暫時不用操心，柯采依又開始為另一件事做準備，柯均書終於要去悠然書院讀書了。

柯采依自從搬到縣城後就開始打聽書院之事，木塘縣有三家書院，其中有著數十年歷史之久的悠然書院是最有名氣的，出過不少秀才舉人，據說二十多年前還出過一位狀元，總之是盛名在外，李仁、楊琥都在這裡念書。

悠然書院發展得相當成熟，除了應考的學子，也招收學童，專門設置了學童班，陳峅之就是在這家書院的學童班讀書。

當然也因為赫赫有名，每年都有許多人前來求學，不過極高的束脩就嚇退了一大撥人，再加上入學條件嚴格，令很多人望而卻步。

不過柯采依可沒有被嚇到，她打聽到悠然書院招收學生的時間後，興沖沖的就帶著書哥兒去了。

書哥兒很爭氣，在入學考試時發揮出色，夫子連連稱讚此兒天資聰穎，大有可為。柯采依為了保險起見，又使出另一重保障，呂老頭曾經給書哥兒寫過一封推薦信，指明如果書哥兒將來要去悠然書院讀書，這份推薦信或許可以派上用場。

呂老頭和悠然書院的李崖夫子交情頗深，當柯采依將信交給李崖時，他看到故人的信頗為感慨，又翻了翻書哥兒考試的成績，入學這事就成了。

至於高昂的束脩，柯采依更沒有當成問題了，現在柯記小吃鋪生意蒸蒸日上，紅薯粉作坊也運作起來了，她不再是以前那個在綿山村需要挖野菜充飢的貧女了。

這天是悠然書院開學的日子，柯采依大清早就起床準備起來。「長姊如母」真不是說說而已，柯采依來到這個世界後帶著這對雙胞胎弟妹，越發覺得自己像個老媽子，書哥兒第一天入學，檢查來檢查去總是害怕哪裡落下什麼。

書哥兒本人看起來倒是泰然自若，還勸姊姊冷靜從容一些。

子。

柯采依瞅著弟弟搖頭晃腦的小大人模樣，不由發笑，暗自腹誹道可別讀成個書呆

筆墨紙硯樣樣齊全了，柯采依還預備做些點心給柯均書帶到書院去，對於這個年紀的娃娃來說，美食無疑是拉近關係最好的東西了。

柯均書頭一回上書院，柯采依少不得親自送他一回。這會子書院門口擠滿了送孩子來讀書的家長，其中不乏駕著豪華馬車而來的。

柯采依帶著弟弟妹妹站在一個角落裡，她替柯均書整理了一下衣服。這書院發的統一服裝真是可愛得緊，淡藍色交領長袍，頭上戴黑色巾帽，挎著一個斜包。柯均書珍惜的摸了摸身上的衣服，難得抿嘴害羞的笑了笑。

柯采依將手裡的食盒交給他，叮囑道：「中午就在書院裡和你的同窗一起吃飯，這食盒裡有姊姊做的一些點心，蛋糕卷、千層酥和如意酥，到時候記得和大家一起分享。」

「我知道。」柯均書乖乖點頭。姊姊昨晚已經把要注意的事情交代了好幾遍，他都記得清清楚楚。

「柯姊姊。」

陳峋之的聲音忽然在背後響起，柯采依回頭一看，他從馬車上躥了下來，三兩步跑

到他們身邊，小臉紅撲撲的，拍了拍柯均書的肩膀，興奮道：「哥哥說你也來了書院讀書，果真不是騙我的，以後咱們可以在一起讀書了。」

柯均書也歡喜得緊，其實進入這麼出名的書院，他心裡少不得有些許發怵，現在看到陳峢之，頓時安心了不少，至少不怕沒朋友了。

陳峢之昂起頭驕傲道：「我比你高一級，以後你得叫我師兄。」

「師兄。」陳峢之確實入學比他早，這麼叫也是應該的，柯均書心裡想。

「放心，以後跟著我混，沒人敢欺負你。」陳峢之此時的樣子儼然一個混混頭子。

還未等柯均書回答，陳晏之唰地彈了陳峢之一個腦瓜嘣，他立即吃痛捂住腦袋，委屈道：「哥，我要是變笨了，都是被你敲的緣故。」

「你再胡說八道，就讓爹來教訓教訓你。」陳晏之這話一出口，陳峢之不敢回話了，嘟著嘴踢了踢腳。

柯采依看著兄弟倆鬥嘴，含笑道：「開學第一天，別嚇唬他了。」

她摸了摸兩個娃娃的腦袋。「快進去吧，別遲到了。」

陳峢之笑著點點頭，拉著柯均書的手親親熱熱的往裡走，邊走邊好奇問道：「你手裡拎著什麼東西？」

「姊姊給我做的點心。」

「我也要吃。」

「好，咱們一起吃。」

「下了課我就來找你。」

柯采依看著兩個小學童的背影消失在門後，歪頭看向陳晏之。「你今天怎麼會來送？峋之又不是第一回上書院。」

「因為我知道妳今天肯定會來，所以我就來了。」

柯采依驀地臉紅了，咬唇道：「我以前不知道你原來這麼會花言巧語的。」

「以前我在妳心裡是什麼樣？」

柯采依賣了關子，抿嘴不答。

陳晏之一副了然的模樣。「妳不說我也猜得到，定是不苟言笑，甚至有點孤芳自賞。」

「你對自己的評價還挺到位的。」

「只能說我現在的改變都是因為妳。」

「油嘴滑舌，不跟你說了。」柯采依有點不好意思，輕哼一聲，轉身便走。

「妳去哪兒？」

「還能去哪兒，回鋪子啊。」

「稍等，我還有事與妳說。」

柯采依停下腳步，疑惑道：「何事？」

「我爹娘想見見妳。」

柯采依愣住了。

馬車緩緩的行駛在街道上，街邊上的商鋪一個個打開門做生意，熱鬧的一天又開始了。

柯采依坐在馬車裡有點發愁，心裡還念叨著剛剛陳晏之說的話。上回去陳府還是以一個普通客人的身分，她樂得自在，可是這回呢？

身分一變，心態就大不一樣。

陳晏之見柯采依眉頭緊鎖的模樣，輕輕的將她的手握在手心，柔聲道：「怎麼了？我爹娘上回已經見過妳了，對妳印象很好，我還從沒有見我娘這麼喜歡過一個才見過一、兩面的姑娘。祖父也很喜歡妳做的吃食，所以無須擔憂，只是因上回太匆忙沒有和妳好好說上幾句話，所以才想正式見一見。」

柯采依嘆了口氣，望著他道：「我只是還沒有做好準備，貌似太快了？」怎麼就突然要以女朋友的身分拜見父母了？

「還快？要不是妳說非得等妳把飯館的生意做起來，按照旁人的習慣，現在都要去妳家提親了。」陳晏之按捺住迫切，輕聲安撫著她道：「本來該我先上門拜訪妳的家人，但我知妳父母早逝，妳和妳三叔也不親近。所以我就想帶妳去見見我的父母，這樣我娘安心了，也不用成日想著為我挑別的姑娘了。」

柯采依皺了皺鼻子，歪著頭打趣他道：「怎麼，你娘以前為你介紹過很多姑娘嗎？」

陳晏之佯裝仔細回想了一番的模樣，忍住笑意道：「我略數了數，怎麼也得有那麼八、九、十個吧，我娘總是美其名曰辦一些賞花品茶之類的宴會，然後請一些夫人帶著閨女上門，但我知道她是醉翁之意不在酒。」

「那這麼多大家閨秀，你一個都沒看上？」柯采依酸溜溜的問。陳晏之這麼好的家世、才學、相貌，她相信除了李湘兒外，必定還有其他姑娘家對他芳心暗許。

陳晏之瞥了一眼柯采依微微癟起的嘴角，輕輕撫了撫她的髮梢，柔聲道：「今生今世，唯一能挑動我心弦的女子只有妳。」

柯采依聞言心裡像灌了蜜糖一般甜滋滋的，看著他面帶赤霞。

陳晏之視線從她的櫻桃小嘴略過，心裡泛起旖旎一片，奈何現在的場合並不合適，又怕唐突了她，只得按捺住，緊接著道：「妳既明白我的心意，便無須再這般憂心忡忡，我會陪著妳的。」陳晏之只當她是因父母早亡，身邊又沒個替她出頭的大人，所以心裡慌亂。

「嗯，我信你。」柯采依把頭靠在他的肩膀上，臉頰貼著他的頸部，溫熱的觸感令她心裡暖烘烘的。

怕什麼呢？柯采依明白自己心裡不是怕見他的父母，而是這段感情突然要進一步，感到有點不安，但是有他在身邊，還有什麼好怕的。

隔幾日，陳晏之早早在鋪子裡等著柯采依。

周巧丫已經知道柯采依此去的目的，便笑道：「陳公子，你可得好好照看我們采依，不能讓她受欺負。」

陳晏之是小吃鋪的常客，周巧丫和他熟稔起來之後，說話也就拋開了那些規規矩矩。

「我保證一定送一個全鬚全尾的柯采依回來。」陳晏之無奈道，陳府難道成了龍潭虎穴了？

柯采依精心裝扮了一番，穿一襲杏色襦裙，頭上插了一根蓮花玉簪，清新淡雅又不會太過素淨。

她摸著采蓮的小腦袋道：「采蓮，乖乖聽巧丫姊姊的話。」

柯采蓮懂事的點點頭。

「放心吧，采蓮有我照看。」周巧丫揮揮手，一臉促狹的催促她快點去。

柯采依將後廚全權交給了吳衛，這段時間他已經有了經驗，可以放下心來。

「走吧。」

柯采依到達陳府的時候，陳老將軍和陳晏之的爹娘都在堂屋等著。

柯采依暗自做了做深呼吸，進門後俯身行禮，陳夫人連忙起身扶起她，笑著拉著她的手道：「采依，可算把妳盼來了。要不是我上回去了妳小吃鋪，還不知道我這個兒子已經鐵樹開花了。」

柯采依抬眼瞥了陳晏之一眼。好一個鐵樹開花，果真是親娘。

柯采依含笑對陳夫人道：「夫人，原該是我主動來拜訪您的，偏偏我那小吃鋪這幾日走不開。」

「我知道我知道。」陳夫人完全不搭理自己的兒子，親親熱熱的拉著柯采依的手坐下。「妳那小吃鋪那麼忙，應該多請一些人才是，切不可太勞累了。」

「我正有這個打算。」

柯采依說著話的時候，陳非仔細打量了她一番，見她言行舉止落落大方、彬彬有禮，不似一般村姑那麼粗俗不堪，又憶起上回她來府裡帶著叫做生日蛋糕的點心，一向不愛吃甜膩點心的他，都吃得乾乾淨淨，可見是個心靈手巧的，對她頗有好感。

陳非朝柯采依問道：「聽說柯姑娘的弟弟也在悠然書院讀書？」

「是的，剛送去沒幾天。」柯采依應道。

陳非點點頭讚許道：「男娃是該多讀書，就算不能考取功名光宗耀祖，肚子裡有墨水，以後的路子總不會差的。」

「我也正是此意。」

陳非聽完對她更加滿意了，一個村姑有如此見識實屬少見。

「那敢情好，岏之又多了個伴。」陳夫人沒想那麼多，只是笑咪咪道：「我這個小兒子平素裡頑劣慣了，怎麼管教都不聽，要是有妳弟弟一半乖巧，我們也可以省心了。」

柯采依揚起嘴角道：「岏之那是活潑靈動，這個年紀的娃娃好動一些沒關係，我還總嫌我弟弟太死板了。」

陳非接著問道：「聽說柯姑娘父母已經去世了，那現在可還有什麼親人？」

「爹。」陳晏之皺起眉頭，想阻止他繼續問下去。

「老爺，不是說好了不問這些嗎？」陳夫人不滿的瞥了丈夫一眼，小姑娘年紀輕輕父母雙亡，何苦再提她的傷心事。

「無妨的，我還有一個三叔，不過已不再往來了。」柯采依淡淡的講述這件事。

陳夫人聽聞後更加心疼了，如果能有依靠的親戚怎麼會不再往來呢，八成是那親戚嫌棄他們是累贅了。

「可憐的孩子。」陳夫人嗓音都有點哽咽了。

「咳咳。」陳老將軍見氣氛變得有些沈重，便開口道：「丫頭，最近可又琢磨出什麼新鮮吃食？」

「有好幾樣呢，可您老人家總也不去我那裡坐坐。」儘管陳老將軍曾經是個在戰場上殺伐果斷的大將軍，但在柯采依心裡，總覺得他就是個可愛得有點傲嬌的老頭，心裡倒沒有隔閡。

「人老了，腿腳也不好，懶得出門，怪麻煩的。」陳老將軍並不是個貪嘴的人，以前帶兵打仗，條件艱苦，在軍隊裡最苦的時候吃糠嚥菜，有什麼吃什麼。現在年紀大了更是吃得簡單，不過也總是會想念一下這個小丫頭做的那些個新式的小吃。

柯采依笑咪咪道：「這簡單，您什麼時候饞了想吃了，派人到我的小吃鋪裡來點，我親自給您做。」

陳老將軍捋了捋鬍鬚，略略思考道：「我看行。」

陳晏之瞧著柯采依和家人交流愉快，笑靨如花的模樣，總算讓他放下心來。

接著柯采依便與陳家人一起吃了午飯，賓主盡歡。

飯畢，陳夫人要柯采依陪她去花園散散步，她不讓陳晏之跟著，笑道：「我們有些女人的體己話要說，你一個大男人跟著做什麼，忙你的去吧。」

眼見陳晏之依依不捨的模樣，陳夫人嗔道：「我又不會吃了她。」

柯采依抿著嘴笑了笑，朝他擺了擺手，陳晏之便離開了。

陳晏之走後，陳夫人挽著柯采依的手，來到走廊處的亭子裡坐下。

陳夫人笑吟吟道：「采依，妳是讓晏之頭一個這麼緊張的姑娘。我說話妳不要介意，以前給他介紹了多少名門閨秀，一個都入不了他的眼。他從小就是有個自己主意的，連他祖父也勸不動他，當年他爹在這個年紀都已經有他了。」

陳夫人道：「我常常去廟裡拜菩薩許願，祈求讓他早日找到個好姑娘。現在看到他在乎妳的樣子，我也算放心了。」

柯采依頓了頓，忍不住問出心裡的話。「夫人，其實我原本還有點擔心你們會看不上我的出身，畢竟門第有別。」

「妳以為我會有門第之見？」陳夫人笑得眼睛彎了起來。「我和他爹根本不在乎他找的是大家閨秀，還是小家碧玉，只要真心待他好就足夠了。我這個大兒子啊，外表瞧著對誰都是謙恭有禮，但其實很難有誰能真正走進他的心。可最近這段時日，我是親眼看著他的變化，這都是妳帶給他的。」

柯采依聽了這些也覺得有點不好意思了，羞澀道：「夫人您過獎了，我其實並沒有做什麼，他在我那裡吃得倒挺多的。」

陳夫人湊近她低聲道：「男人的胃和心總得抓住一樣，妳兩個都抓住了。」

柯采依心裡暗暗想著這個陳夫人瞧著柔柔弱弱的，沒想到想法還挺先進。

陳夫人從懷裡掏出一樣用手帕包著的東西，打開帕子，裡面赫然是一枚細膩通透的翡翠手鐲，她笑道：「采依，這枚翡翠手鐲是我當年的嫁妝，現在我想把它送給妳，就算當個見面禮。」

「夫人，這太貴重了，我不能收。」柯采依雖然從沒戴過翡翠鐲子，但沒吃過豬肉還沒見過豬跑嗎？這枚鐲子成色純粹無瑕疵，通透極了，一看便知是極品翡翠，她怎麼好意思收呢。

「這鐲子我本來就是打算送給未來兒媳婦的，妳不收下難道是對我們還有什麼不滿意？」陳夫人堅持遞給她。

柯采依急急否認。「當然不是了。」

「那就收下。」

「妳就收下吧。」正當柯采依無措的時候，陳晏之忽然出現在她們身邊，走近一步道：「這是我娘的一份心意。」

柯采依被這對母子直勾勾盯著，便也不再推辭。

「這就對了。」

陳晏之從母親手裡接過翡翠鐲子，親自為柯采依戴上。通透無比的鐲子套在柯采依潔白的手腕上，更襯得她的皮膚細膩白皙。陳晏之不小心輕輕撫過，心裡不禁泛起一片漣漪。

陳夫人偷偷打量著兒子的小動作，用帕子輕輕掩著嘴巴暗喜，抱孫子有望了。

第二十七章

半個月眨眼而過，在柯采依縝密的計劃下，紅薯粉按時超量完成，順利交付給了洪田，裝了整整四大車。

洪田此次在江南一帶收穫頗豐，囤了大量貨物，接下來他就要拉著滿滿的貨物北上。

「柯老闆，如果我這趟紅薯粉買賣順利，下回我還得尋妳進貨，到時候看在老顧客的分上，說什麼都得給我個大折扣才是。」洪田拍了拍包裹得嚴嚴實實的貨車，爽朗笑道。

「那是自然，洪老闆可是我小工坊的第一位顧客，到時候還得多仰仗您才是。」柯采依拿出一份紅薯粉菜譜送給洪田，裡面詳細列舉幾種紅薯粉的經典做法，相信有了這份菜譜，洪田推銷紅薯粉時會更有底氣。

洪田如獲至寶，對柯采依更是感激不盡。

柯采依這筆紅薯粉的生意順利掙到了五百多兩銀子，拋去成本和人工費，也淨賺了近四百兩。

在這個十幾兩銀子就夠一個鄉下人家過一整年的時代來說，算是一筆鉅款了，柯采依籌劃著用這筆錢繼續擴大她的小吃鋪。

與洪田的這筆生意做完之後，紅薯粉工坊仍然在繼續運作。因為柯采依這裡出產的紅薯粉逐漸打出名氣，周邊縣城的商人也一一找上門來要求訂貨。其實這段時間，柯采依已經發現木塘縣冒出了好幾個也在做紅薯粉的人家，畢竟用紅薯做粉就像用麵粉做麵條一樣，並不是什麼驚天絕密，鑽研鑽研，就能找到其中的訣竅。

不過柯記紅薯粉依然是最受歡迎的，因為做得出來和做得好，還是有區別的。其中做粉的手法只要稍微有些許差異，做出來的紅薯粉口感就完全不同。柯記的紅薯粉格外爽滑勁道，別家怎麼學也學不來。

紅薯粉工坊這裡由周大青打理著，柯采依倒也不必太操心，仍專心在小吃鋪上。

春天已來臨，雖然仍然有些春寒料峭，但是已經散發出了青草和露水的氣息。

吳衛這個人話不多，腦子卻十分靈活，廚藝進步很快，柯采依教他的一學就會，還時不時冒出自己創新的點子。

柯采依見吳衛能力強，慢慢可以獨當一面，便有意培養他成為柯記小吃鋪下一家分店的主廚。

柯記小吃鋪生意蒸蒸日上，現在的幾個人已經忙不過來了。柯采依又招了兩個人，一個叫齊小林，伶牙俐嘴，能說會道，讓他在前面幫周巧丫跑堂，招攬客人。

另一個則是個小姑娘，名叫秋杏。

遇到秋杏也是湊巧，那天柯采依上街採買食材，在路口碰見一個邋遢的漢子跪在地上賣女兒，一把鼻涕一把淚的，口裡揚言家裡婆娘生重病無錢醫治，走投無路之下不得不賣女救母，為奴為婢皆可，只需要五兩銀子。

小姑娘在初春的天氣裡穿得十分單薄，衣服明顯不合尺寸，還打滿了補丁。她低垂著眼眸跪在父親身邊，她爹手舞足蹈，一副苦大仇深的模樣，她卻默不作聲，好似這件事與她無關。

柯采依來到這個世界，還是第一次親眼瞧見賣女兒這種事情，看著小姑娘可憐的模樣，不禁又回想到剛剛穿到這個世界的情景，觸景生情，忍不住多看了兩眼。她仔細一瞅，發現這小姑娘五官長得挺標緻，只是太瘦了，再胖一些定是個美人兒。

柯采依看她有這副好相貌，便隱隱有點擔心，再瞧了瞧周圍幾個垂涎欲滴的男人，那眼神裡掩蓋不住的赤裸裸的慾望，著實令人厭惡。

毫無疑問，她爹只要誰給錢便賣，根本不會理會她到底被賣去做什麼。

為奴為婢可能還是幸運的，萬一被賣到青樓或者落入哪個好色的流氓手裡，那下半生就毀了。

柯采依心生不忍，便趁著那幫男人為了五兩銀子還在猶猶豫豫的時候，果斷花錢把秋杏買了下來。

秋杏她爹拿到錢，千恩萬謝，頭也不回的走了。

秋杏望著他遠去的背影，倒也沒哭沒鬧，只默默的跟著柯采依走。

柯采依一路上將秋杏家裡的情況問了個明明白白，這才知道哪裡是什麼母親生病，只是因為家裡本來有一女兩兒，現在又添了個弟弟，實在養不起她而已。

柯采依心裡難受得緊，多少鮮活的姑娘的人生就湮沒在「重男輕女」的惡習中。

她買下秋杏後，本打算先讓她在後廚幫忙洗碗打掃幹些雜活。沒承想，她偶然發現小姑娘天賦異稟，味覺格外靈敏，能輕易嘗出別人嘗不出的味道。這可是意外的驚喜，味覺對於一個廚子極其重要，柯采依當然不能再讓她屈才去洗碗掃地了，這天生就該當個廚子。

柯采依想試試秋杏的味覺到底靈敏到何種程度，便將兩碗湯擺到秋杏面前，兩碗湯的顏色都是黃澄澄的，看不出什麼區別。

柯采依拍了下手道：「秋杏，妳來嘗嘗這兩碗雞湯，然後告訴我裡面都有哪些料，有何不同？」

秋杏在柯采依期許的目光中，小心翼翼的品嘗了兩碗湯，閉上眼睛仔細回味了一下，用有點不太確定的語氣道：「這是老母雞熬出來的湯，湯裡面加了菌子、山藥，還有板栗。」

秋杏又抿著嘴巴細細咂摸了一會兒，咬了咬嘴唇道：「右邊這碗好像多放了一味東西？」

柯采依驚喜道：「能嘗得出來是什麼嗎？」

秋杏仍然有點不自信，怯生生的說道：「很清甜，是不是荸薺？」

「啊，秋杏妳好棒！太厲害了，我只放了兩顆，妳都能嘗出來，簡直神了。」柯采依興奮不已，忍不住高興的抱住秋杏，又捏了捏她的臉頰。

秋杏的臉騰地紅了起來，她心裡激動得像漲起來似的，從沒有人這麼親密的對待她，就連她娘都沒有這樣抱過她。

「妳這個天賦得好好利用。」

柯采依便籌劃著安排秋杏跟著她在廚房學做菜。

秋杏從有記憶開始，就包攬全部的家事，還要照顧兩個幼小的弟弟，就算如此父母仍是動輒打罵，吃不飽穿不暖，當她娘又生了第三個弟弟的時候，她彷彿看不到未來。所以她爹說要賣掉她時，她一點都不吃驚，她早見識了同村的小姊妹被賣掉的情景。在他們村子裡，女兒的命不是命。

雖然她面無表情，但心裡是害怕的，害怕被賣給別人做小老婆，甚至被賣入妓院。然而就在她覺得走投無路時，有個像仙女一樣的姊姊買下了她。仙女姊姊原來是個小吃鋪的老闆，說話溫溫柔柔的，回到小吃鋪後就給她做了一頓她活了十二年以來吃過最好的一頓飯，還給她換了新衣服。

秋杏感覺無以為報，便把洗碗擦地的活兒都包攬下來，只是為了報答老闆。

可老闆不僅給她吃給她穿，現在還要教自己廚藝。

她明白手藝活的重要，村子的老木匠就靠著那門手藝吃了一輩子的飯，輕易不傳他人。她來了幾天就知道柯記小吃鋪的生意有多好，全都是靠著老闆的好廚藝，現在她還要將廚藝教給她，秋杏當場便給老闆跪下了。

「快起來。」柯采依連忙扶起她，笑道：「無須行此大禮，我教妳完全是不想浪費了妳的好味覺。但是我也要提前給妳說清楚，有好味覺也不一定能做個好廚子，還要看妳的後天努力。」

「我一定好好學。」秋杏暗暗發誓道，不為別的，只為了報答老闆再造之恩。

秋杏以前從沒有覺得味覺好是一件值得驕傲的事情，畢竟以往她連填飽肚子的機會都很少，更談不上去品嘗什麼味道了。她在這一刻終於有了個認知，自己不再是多餘的丫頭了。

柯采依說做就做，就從現在開始教。「我現在剛好要做一樣新鮮吃食，妳跟我來學吧。」

「這次我們要做的叫做腸粉。」柯采依依次取出生粉、糯米粉和澄粉。

秋杏來到柯記小吃鋪這幾天已經嘗過了各種各樣的粉，現在又來一種腸粉，又是她沒聽過的吃食。她好奇問道：「我們已經有各種各樣的粉，現在又有新的了？」

「這個和其他的粉可不一樣。」

柯采依將糯米粉、澄粉和生粉一一擺在桌面上，指著它們道：「腸粉做起來很簡單，我先教妳做這一樣，以後咱們慢慢來。糯米粉、澄粉和生粉以及水的調和比例很重要，加多加少都會影響腸粉的口感。」

秋杏認真的聽著，不敢錯過一個字，就在這時她聽見前廳似乎有敲門聲，側耳仔細聽了聽。「師傅，外面好像來了客人。」

這個時候柯記小吃鋪已經關門打烊了，不過的確有敲門聲。

柯采依放下手裡的東西，走過去打開門一看，原來是李仁和楊琥。兩個人都揹著包袱，頭髮有點淩亂，一副風塵僕僕的模樣。

「李公子、楊公子，快請進。」

楊琥鬆了一口氣道：「我就知道柯老闆一定在。」

李仁和楊琥放下包袱，幾乎是癱坐在凳子上。

柯采依一臉疑惑道：「你們這是打哪兒來？怎麼如此狼狽？」

「我們倆去杭州城拜訪了一位德高望重的夫子，剛剛才回到木塘縣。」楊琥猛的灌了一口茶，喘氣道：「本來我說路上找家客棧住下歇歇腳，明天再趕回來。可是這小子偏偏不同意，非要今兒趕回來，這不把我累得夠嗆。」

柯采依恍然大悟道：「難怪最近都沒看見你們過來。」

李仁辯解道：「你我已經錯過了好幾日的課，明天無論如何得去上課，再耽誤下去就跟不上夫子的進度了。」

「你就是個書呆子。」楊琥轉頭朝柯采依道：「我們一整天就中午啃了個硬邦邦的饃饃，早就餓腸轆轆，回到城裡天色已晚，一路走來飯館都打烊了。走到妳這裡，便想敲門試試看，能不能給我們做點吃的，隨便什麼都可以。」

李仁又不滿道：「我原想攔著他的，這麼晚叨擾柯姑娘實在過意不去。」

「難道你不餓？現在回書院也沒東西可吃，我不想餓肚子過夜。」楊琥理直氣壯道。

李仁被噎得說不出話來。

柯采依抿嘴笑道：「你們不要爭了，剛好廚房裡還有食材。你們先坐一會兒，我現在就去給你們做。」

「還是柯老闆仗義，多做一些沒關係，我現在餓得可以吃下一頭牛。」

柯采依回到後廚，秋杏還在按照她的方法調和米漿。柯采依用筷子試了試黏稠度，點點頭滿意道：「很好，現在妳在那個蒸籠上鋪上白紗布。」

白紗布鋪上後，在兩邊露出透氣的氣孔，接著舀了一勺米漿均勻的鋪在紗布上，再鋪上醃過的精肉末和鮮蝦仁，蓋上蓋子用大火蒸。

腸粉很容易熟透，蒸好後拎起白布倒扣在盤子裡，再擺盤，澆上調好的醬汁即可。

柯采依心想他們兩個大男人趕了大老遠的路，想必是餓腸轆轆，只有腸粉定是不夠。她便用剛剛熬出來的荸薺雞湯下了兩碗麵條，澆上滿滿的爆炒肥腸。

熟爛的雞胸肉扯成細絲，鮮嫩的綠豆芽在鍋裡快速燙一遍。麻油、辣油、蒜、鹽調成醬汁，再澆上一勺滾燙的花椒油，麻辣的味道頓時湧入鼻腔，接著與雞絲和豆芽拌勻。

柯采依又拿出三個白麵大饅頭，切成薄片，沾滿蛋液，略略蘸點細鹽，下鍋煎至兩面金黃。

柯采依手腳麻利，片刻功夫就做出來四樣吃食。

「來咯。」柯采依和秋杏一起給李仁和楊琥上菜。

「這是肥腸麵、麻辣雞絲、黃金饅頭片，還有本小店的新品——蝦仁腸粉，兩位公子可是頭一個品嘗的唷，請慢用。」柯采依一一介紹道。

餓了大半天的楊琥現在就是給他上一盤草，估計也能吃下去，更別提這一桌子美味佳餚了。

「腸粉？還是新品，那我可得好好嘗嘗。」楊琥迫不及待挾起一塊晶瑩剔透的腸粉，入口無比嫩滑，柔軟有韌勁，蝦仁格外鮮甜。

「好吃。」楊琥瞪大雙眼，又挾起第二塊，幾口就下了肚。

李仁只是稍微矜持了一下，半盤子的腸粉就進了楊琥的肚子，這下他也顧不得講什麼禮儀了，連忙搶了兩塊腸粉，吃完讚嘆不已。

他又挾起肥腸麵，嚼勁十足的肥腸，香辣濃香的湯汁再加上筋道滑彈的手擀麵，實在是過癮。

黃金饅頭片焦香無比，挾上一筷子麻辣雞絲往兩個饅頭片中間一夾，用手拿著吃，滋味更加醇厚。

兩個大男人埋頭苦吃，直到把一桌子吃得乾乾淨淨，才終於心滿意足的放下手中的筷子。

楊琥摸著肚子感慨道：「我可算是活過來了。出去這麼些日子，我就是惦念著這一口。」

柯采依笑道：「楊公子別唬我了，誰不知道杭州美味遍地。」

「真的真的，妳問李仁，我是不是總念叨著妳的小吃？」

李仁點頭道：「這是實話，在杭州我們倆也嘗了不少有名的飯館，但是總感覺比不上柯記小吃鋪的滋味。」

柯采依聽完心裡忍不住小小得意一下。

兩人吃飽喝足後連忙趕回書院，柯采依和秋杏關門休息。

自從柯均書開始上悠然書院讀書後，柯采依每日早起給他做早餐。想著孩子們正在長身體的時候，讀書又格外辛苦，她變著花樣想給他做得豐盛一些。

麵團裡面加一點奶油，做出來的奶香小饅頭口感更加軟綿香甜，柯采蓮和柯均書兩個小娃娃也能吃上兩個。

或者從中間剖開，沾一些鹹香的腐乳，加上煎雞蛋和滷肉，再夾上一片生菜，用手抓著吃，書哥兒特別好這一口。

她在城裡找到一家可以穩定提供羊奶的人家，羊奶的營養不比牛奶差，故而她開始督促弟弟妹妹每天喝上一杯羊奶。

柯采依給柯均書滿上羊奶，問道：「這幾天在書院有沒有交新朋友？有沒有人欺負你？」

柯均書小嘴塞得滿滿的，含糊道：「嗯，夫子很好，同學們也都很好相處。他們很喜歡妳做的吃食，尤其是甜點，他們說比城裡最好的點心鋪的糕點還要好吃，還說要請我去他們家玩呢。」

柯采依樂於見到柯均書和他的同窗們交好，想了想道：「姊姊下次做一道新的飲品給你帶去，保證是他們都沒有喝過的。」

「好。」

「有空的話，可以邀請他們到咱們小吃鋪來玩。」

柯均書點頭應了。

如今紅薯粉工坊已經走上常規化營運，每天保持一定的產量。柯記小吃鋪名氣越來越響，每天客人絡繹不絕，柯采依將開分店提上了日程。

她經過仔細考量，決定將第二間分店開在縣城的另一頭。

她帶著吳衛去找鋪子，這條街更加繁華，光三層樓的酒樓就有兩間，更別提還有成衣鋪、點心鋪、藥方、當鋪等各式各樣的店鋪。後面有不少深宅大院，一看就是高門大戶的集聚地。

柯采依當初承租陳家的雜貨鋪，主要是因為有資金問題的顧慮。可現在她手裡不缺錢，這回可要好好挑選一個好的地段。

柯采依專門找了個牙人，跟著他一路挑挑選選，終於看中了一間鋪子。比她現在的小吃鋪還要大一些，位於繁華地段，柯采依越看越滿意。

牙人見柯采依似乎頗為滿意，便笑道：「柯老闆，實不相瞞，這條街上的鋪子都是搶著要的，這間鋪子剛好是上一家有急事才轉租的，可遇不可求啊。」

牙人說話總會誇張一點，柯采依敷衍的點點頭，依然四處打量著，她回頭問了問吳衛。「你覺得怎麼樣，如果真的開分店的話，我可能會讓你來做這家的主廚。」

吳衛有點受寵若驚，謹慎的說道：「這間鋪子前後通透，地方寬敞，關鍵是進門的時候，我略微觀察了一下周圍，兩邊並不是賣吃食的，競爭壓力也會小一些。」

柯采依讚賞的看了他一眼，不愧是她挑中的人，觀察力很強。

她便問牙人：「那這間鋪子怎麼租？」

牙人用手比了個數字，柯采依微微有點咋舌，她知道這裡不會便宜，但沒想到這麼貴。

柯采依考慮了片刻，又問道：「這個價格能否再談？」

牙人猶猶豫豫道：「柯老闆，這個價錢不是我定的，如果您真的相中了，我得找鋪子的主人再問問。」

「那行，你就再問問。」

牙人似乎想再勸。「這個價格真不貴，您也得看看這地段啊，還有這裝修，真真是頂好的。」

「還是有些貴了，你就去幫我問問看。」

柯采依暗道怎麼可能一下子就答應下來呢？買東西無論如何都得砍砍價。

「妳何苦還去找什麼鋪子，我馬上可以給妳安排最好的鋪子。」陳晏之得知柯采依又自己去找鋪子後頗為不滿。

柯采依覷了他一眼。「我現在有能力做自己的事情，就不想依靠旁人。」

陳晏之皺眉道：「難道我是旁人嗎？」

柯采依扯了扯他的袖子，安撫道：「就因為你不是旁人，更不能隨隨便便讓你出面幫我了。你瞭解我的，我最不想被旁人說攀上了高枝，我希望靠自己做事業。」

陳晏之嘆了口氣，心上人太獨立也不是件好事，顯得他沒什麼用處。

他知道這件事沒得商量，便轉移話題道：「妳又在做新小吃？」

一提到這個，柯采依來了興致。「是啊，這次做的是甜品。」

柯采依將去皮洗乾淨的芋頭和南瓜放上蒸屜開始蒸，她想做珍珠粉圓，奈何找遍市場都找不到木薯。退而求其次，她只能用紅薯粉，雖不及木薯粉勁道，但是勝在軟糯香甜。

芋頭是從鄉下買來的上好品種，蒸一小會兒就變軟了。她將芋頭搗成泥，加入紅薯粉和些許白糖揉搓成條狀，接著又揪成橢圓形的小團子，變成了一個個的紫色團子。南瓜也是同樣的做法，做出來的是金黃色的團子。

柯采依將做好的各種顏色團子放入滾水中煮上片刻，待它們全都浮在水面即撈起沖涼水。

為了做出好喝的奶茶，柯采依特地去買了正山小種，是這裡遠近馳名的紅茶品種。紅茶包煮開，浸出茶色以後，濃郁的茶香飄散在空氣中，再倒入煮開的牛奶攪拌均勻，接著放入芋圓，就做成了一杯芋圓奶茶。

柯采依將第一份的芋圓奶茶裝在玻璃杯裡，她發現原來這個時代早就有了玻璃杯，叫做水晶杯，不過價格昂貴，普通人家一般不會用，她手裡也就只有一對。

「這個叫做芋圓奶茶，請你第一個品嘗。」柯采依雙手遞給陳晏之。

得知自己是第一個品嘗的人，陳晏之剛剛因為柯采依不找自己幫忙的不滿頓時消散了。他舉高水晶杯，仔細看了看，不同顏色的丸子混在奶茶裡，格外好看。

他剛剛抿了一口，周巧丫跑進來道：「采依，那個牙人來了。」

「好，我出去看看。」牙人應該是帶來了鋪子的消息。

柯采依讓陳晏之在後臺慢慢品著奶茶，自己前去會客。

「怎麼樣？」柯采依一見牙人便開門見山的問道。

「鋪子的主人想要和妳當面談一談。」

「可以，什麼時候見面？」

「就現在。」牙人往旁邊退開，一個男人從他背後走了出來。

「周公子。」居然是漢泰樓的少東家周少連，柯采依一頭霧水。

周少連笑道：「柯姑娘，咱們又見面了。」他一邊說著，一邊走進鋪子，找了個位子，撩起袍子坐下。

柯采依穩定心神，保持著笑臉道：「這麼說，那間鋪子原是周公子的？」

「不止那間鋪子，其實那整排都是我周家的產業。」周少連揚起下巴道。

柯采依暗道，周家還真是家大業大。

她扯著嘴角道：「既然周公子想當面談，那麼這間鋪子你想怎麼租？多少錢明說就是。」

周少連挑了下眉毛道：「其實我完全可以免費讓給柯姑娘。」

「無功不受祿，周公子不會這麼大發善心吧。」

「柯姑娘是個聰明人，還記得上回我找妳說的事嗎？只要妳與我合作，想開幾間分店都沒問題。」

「周公子這算盤打得真響亮。」陳晏之突然從後廚走出來，手裡還捧著那杯芋圓奶茶。他本來只想看看柯采依談得如何，卻沒想到是周少連來了。

「她不是非租你的鋪子不可。」陳晏之皮笑肉不笑。「木塘縣的鋪子多的是，就不勞你操心了。」

「原來陳公子也在。」周少連抬眸看著他道：「陳公子說得簡單，不過你畢竟是後來的，我們周家在木塘縣幾十年的根基，產業遍佈全城。柯姑娘如果想做大她的小吃鋪，我可以給她更多的幫助。」

柯采依眼見這兩人一碰面就開始打嘴仗，太陽穴忍不住跳了跳。

周少連說著說著，盯上了陳晏之手裡的奶茶。「你喝的是什麼？」

「那是我新琢磨出來的飲品。」柯采依見他似乎頗有興趣，便隨口一問道：「周公子要不要嘗一嘗？」

周少連嗅著空氣裡香甜的味道，立馬點頭道：「那我就勉為其難嘗一嘗了。」

陳晏之聞言想阻止柯采依，她小聲道：「進門便是客。」

柯采依麻利的也給他上芋圓奶茶，只不過沒有用水晶杯，只是用白瓷碗裝著，裡頭堆滿了紫黃相間的芋圓。

他瞧了一眼陳晏之手裡的那份，皺眉道：「怎麼不是水晶杯？」

柯采依忍住笑意道：「我們這小買賣，買不起那麼多的水晶杯，周公子請用。」

陳晏之捧起水晶杯，抿了一大口，得意的瞥了周少連一眼。

周少連暫時壓下心底的不滿，看著這從未見過的甜品，用勺子舀起一大口。入口便感覺奶香清甜，但是加入紅茶又多了一分茶葉的厚重，兩者結合得十分巧妙。芋圓紫黃相間，他看不出用什麼做的，只知道入口軟糯彈牙。

其實，周少連有一個不為人知的愛好，就是喜歡吃甜食，平日裡各家點心鋪的點心都被他吃了個遍。上次聽說柯采依在品味會上做了個蛋糕卷，便想找她到自己的酒樓當廚子，可是她偏偏和陳姓小子是一夥的。

現在又吃到了這個叫奶茶的甜品，是他從未嘗試過的味道，他一下子喝了大半碗，芋圓吃得乾乾淨淨，奶茶下肚，整個人都暖烘烘的。

周少連品嘗奶茶時，感覺兩道視線緊緊盯著自己。

他恍然回過神來，輕輕擦拭了嘴角，恢復高冷的神色，輕輕咳嗽一聲道：「還算能入口。」

裝，繼續裝。陳晏之心裡為他感到不齒。

「那麼柯姑娘這次開分店是要賣奶茶嗎？」周少連的眼神裡一股熱切。

柯采依愣了一下道：「不是。」

「不是？」

「暫時不是。」柯采依笑道：「還是一家小吃分店，但是奶茶是一定會賣的，我還有不少甜品的點子。」

還有很多甜品的點子！

周少連激動的拍了一下桌子。「我看這樣好了，妳把奶茶的配方賣給我，我就把鋪子免費給妳。」

「這是不可能的。」柯采依和陳晏之同時回絕。

奶茶一旦開始賣，它的盈利可以買下不知道多少間鋪子了，柯采依又不傻。

柯采依笑咪咪道：「不過，我有另一個想法。」

「什麼想法？不妨說來聽聽。」

「加盟。」柯采依轉了轉眼珠道：「待我的奶茶店做起來之後，如果生意不錯，你也想做的話，我可以允許你加盟。用的是我的配方，但還得打著我的招牌，中間的利潤可以談。」

陳晏之聞言眉頭緊皺，他不顧周少連，拉著柯采依走到一邊。「為何要與他合作？他一直以來與我作對，妳這不是便宜了那傢伙？」

「你先聽我說。」柯采依微笑著安撫他。「首先採用加盟的方式，那麼配方和招牌的主動權還是掌握在我的手裡，他只不過是借用而已。其實除了奶茶以外，我還有蛋糕、蛋塔、布丁等很多甜品的點子，這些我是不會與他人分享的。但現在我們用奶茶這個小小的點子可以拉攏周少連，憑他在木塘縣的實力，我們多一個合作夥伴總比多一個敵人要好，這對你們陳家也是好事啊。」

「可是就算不這麼做，我也從沒忌憚過他，我們陳家難道還鬥不過他？現在漢泰樓早就被我的泉喜樓壓過一頭了。」

「可是商場如戰場，就算你暫時壓過了他，其他方面呢？現在他既然有意合作，我們何不順著臺階下，反正現在主動權在我們這邊。」

陳晏之並不待見這個周少連，可是柯采依的說法並不是全無道理，更何況奶茶這個點子是她的，她想怎麼做從來都是自己的主意，便也不再反對了。

當柯采依和陳晏之在一邊嘀嘀咕咕的時候，周少連也考慮她的建議，他想得倒沒有太多，只是想到加盟的話可以得到奶茶的配方，他便心動了。

「周公子，你考慮得如何？」柯采依走回原地，笑著問道。

周少連眯著眼睛道：「可以考慮，不過中間的細節可得好好商量商量。」

「那是自然，那我看上的那間鋪子呢？」

「既然以後要合作，那麼這就當是我的誠意吧，我可以給妳三年的免租期。」

柯采依樂道：「那就多謝了。」

很快的，第二家柯記小吃鋪順利開張了，因為有第一家打起來的名氣，這次一開張便有許多客人蜂擁而至。

柯采依站在剛剛摘下紅布的招牌下面招呼客人，笑得合不攏嘴。

「采依，妳看那個不是趙三娘嗎？」周巧丫指了指遠處一個穿灰衣的婦人。

「是她。」柯采依已是許久沒見過趙三娘了，這次猛的一見，好似老了許多，不再那麼張揚跋扈了。

周巧丫湊近道：「采依妳還不知道吧，妳的堂妹柯如蘭要嫁人了。」

「什麼時候的事？」

周巧丫道：「我昨兒回去才聽牛大娘說的，妳那三叔三嬸把她許給下坡村的一個四十歲男人做續弦，聽說他還有一兒一女呢。」

周巧丫嘆了口氣道：「唉，自從妳走之後，村子裡的人大都知道了他們一家人的德行，都不大與他們往來了。趙三娘又是個好吃懶做的，日子越來越苦。這回急匆匆把女兒嫁給別人當後母，還不就是為了那點聘禮。」

柯采依瞅著趙三娘畏畏縮縮的模樣，哼了一聲道：「他們過得如何與我沒有干係，都是自找的。」

自從第二家柯記小吃鋪開起來後，柯采依就開始兩邊跑的日子。

秋杏依然留在最開始的小吃鋪。她很勤奮，再加上味覺靈敏的天賦，進步神速。

柯采依剛想到後廚看看秋杏的情況，便撞見周大青匆匆掀簾走出來。

周大青見到柯采依，臉騰地紅了起來。柯采依看了眼埋頭做菜的秋杏，心裡冒出一個念頭，看來有人好事將近啊。

偏偏周巧丫還是個傻的，疑惑道：「瞧，我哥又跑廚房來了，以前他總是待在工坊的，現在成日裡往這裡跑，不知道為了什麼？」

柯采依忍俊不禁道：「妳這個傻丫頭，妳哥哥是桃花開了。」

「桃花開了？」周巧丫不懂。

柯采依喜道：「妳哥哥要給妳找個嫂子了。」

「啊，是誰？」周巧丫這才明白過來。「是秋杏？」

「不是她還能是誰？」

周巧丫頓時樂得蹦起來，她喜歡秋杏做她的嫂子。

她喜孜孜的暢想了一會兒後，便促狹的問柯采依：「我大哥這麼快就搞定了，妳這邊還要等到什麼時候，陳公子幾時把妳娶進門？」

柯采依嗔了她一眼。「拿我打趣，我看還是要趁早把妳嫁出去。」

「饒了我吧。」周巧丫笑著躲開了。

當初她說要把小吃鋪的生意做起來才考慮婚事，陳晏之也一直在遷就她。現在小吃鋪蒸蒸日上，弟弟也如願進了城裡最好的書院讀書，她是不是該想想了？

就在第二家柯記小吃鋪開張的兩個月後，柯采依就在同一條街上又開了一家柯記奶茶。除了芋圓奶茶外，柯采依還推出了焦糖奶茶、紅豆奶茶、香草奶茶、蜂蜜奶茶、仙草凍等各式甜點。

就像她預料的一樣，奶茶一推出，迅速風靡了整個縣城，尤其頗受女人的歡迎。就連那些常年大門不出二門不邁的閨閣小姐都走出家門，特地來買奶茶喝。

柯均書帶著他的幾個小同窗來奶茶店做客，柯采依不僅給他們上了奶茶，還端上了配料滿滿的仙草凍，這些小娃娃頓時就被俘獲了。

周少連更是成了重度愛好者，手邊已經離不開奶茶了。

她想著等天氣再熱一點，還要推出冰奶茶，誰能抵擋得了冰冰涼涼的奶茶誘惑呢？

忙過了奶茶店開業的頭幾天，柯采依終於緩了口氣。這幾日太忙，她都沒有時間與陳晏之相處。

趁著又是一個月圓夜，陳晏之邀請她到河邊散散心，她自覺最近忽略了他，便一口答應下來。

兩個人慢慢的走在河邊，圓圓的明月照亮著大地，別有一番意境。

陳晏之輕輕撫著她的手道：「還記得這裡嗎？」

柯采依甜甜的笑道：「這裡是當初你和我表白心跡的地方。」

陳晏之專注的看著她。「那妳記得當時和我說的話嗎？」

「我說了很多啊。」柯采依好似感覺到什麼，有點緊張的回答。

陳晏之柔聲道：「妳說要等妳把事業做起來，才會考慮站到我的身邊。那我想問現在妳做好準備了嗎？」

「你是什麼意思？」

「妳說呢？」

「我怎麼會知道？」

陳晏之看著柯采依發紅的耳尖，笑道：「好，我告訴妳，我是在向妳求親。」

柯采依心跳漏了一拍，臉頰隱隱開始發燙。

「妳現在願意嫁給我嗎？」陳晏之繼續追問。

柯采依害羞得不知道說什麼好，鬼使神差的冒出一句。「我嫁給你有什麼好處？」

陳晏之攬住她的腰，專注道：「我陳晏之一生一世只愛柯采依一個人，以後會護她愛她，不讓她受一丁點傷害。」

柯采依望著他深邃的眼眸，她知道自己是愛這個男人的，除了他不會再有旁人了。

陳晏之見她遲遲不回答，有點著急道：「妳如果不相信，我還可以發誓。我如果做不到今天所說，讓我被——」

柯采依連忙捂住他的嘴，含笑道：「不要發誓，我信你。」

「那妳是答應了？」

「嗯。」柯采依含羞點頭。

這時天空陡然亮起一串串煙花，絢爛無比。

「你一定要對我好。」

「一定。」

「還有我的弟弟妹妹，你要當作自己的弟弟妹妹一樣對待。」

「放心。」

「成親以後，不能不讓我去鋪子裡，不能拿三從四德要求我。」
「妳以後想做什麼就做什麼，我全力支持。」
柯采依依偎在陳晏之懷裡，微笑地看著天上燦爛的煙花，她知道幸福已經在自己手裡。

——全書完

2020年1月出版

瑤娘犯桃花

文創風 819

【重生之四】

棄婦瑤娘被人追殺而死，幸而她救的小狐狸(妖？)犧牲一條尾巴讓她重生！
自此瑤娘和小狐狸成了好友，還多了個狐狸精萬人迷的外掛，
讓專門收妖的道士靳玄對她難以抗拒，但又嘴硬不承認。
說起靳玄，八歲被師父騙入門下，十四歲接下掌門人之位，
如今長成二十二歲少年郎，沒有道士該有的仙風道骨，
反倒英武昂藏，還很care自己的打扮，重點是把捉妖當經商，
沒辦法，小門派窮得揭不開鍋，要想發揚光大，只能當「奸商」！

花樣百出 本本驚喜／莫顏

靳玄一身正氣凜然，渾身是膽，人們說他天地不怕，只有他自己知道，他怕瑤娘。
他俊凜魁偉，氣宇軒昂，眾人皆讚他不近女色，只有他自己清楚，他心癢瑤娘。
連三歲小孩都知道，靳玄最討厭狐狸精，女人勾引他，無異於自取其辱，
只有靳玄心裡明白，他的貞操即將不保、色膽已然甦醒，因為他想要瑤娘。
偏偏瑤娘不勾引他，因為她討厭他，只因他一時嘴快，罵她是個狐狸精……
瑤娘清麗秀美，賢淑婉約，從不負人，只有別人負她，但她從不計較，
她對人總是溫柔以待──只有一個人例外。
「瑤娘。」
「滾。」
靳玄黑著臉，目光危險。「妳敢叫我滾？」
「你不滾，我滾。」
「……」好吧，他滾。

840

吃貨小廚娘 下

國家圖書館出版品預行編目資料

吃貨小廚娘 / 記蘇著. --
初版. -- 臺北市 : 狗屋, 2019.08
冊 ; 公分. --（文創風）
ISBN 978-986-509-097-5（下冊：平裝）. --

857.7　　109001922

著作者	記蘇
編輯	黃暄尹
校對	黃薇霓
發行所	狗屋出版社有限公司
地址	台北市104中山區龍江路71巷15號1樓
電話	02-2776-5889～0
發行字號	局版台業字845號
法律顧問	蕭雄淋律師
總經銷	知遠文化事業有限公司
電話	02-2664-8800
初版	2020年4月
國際書碼	ISBN-13　978-986-509-097-5

本著作物由北京晉江原創網絡科技有限公司授權出版

定價250元

狗屋劃撥帳號：19001626

網址：love.doghouse.com.tw　E-mail：love@doghouse.com.tw